사과가 있는 풍경
НАТЮРМОРТ С ЯБЛОКАМИ

사과가 있는 풍경

НАТЮРМОРТ С ЯБЛОКАМИ

박미하일 소설 · 진성희 옮김

상상

차례

사과가 있는 풍경 07

해바라기 123

작가의 말 176

옮긴이의 말 179

사과가 있는 풍경

그녀의 커다란 두 눈은 갈색이었고, 손은 엄청 보드라웠다. 기분이 변해서 길고 가느다란 손가락들로 주먹을 쥐어 보일 때면 어린애 같기도 했다. 드미트리 리-마로프는 마치 불과 한 시간 전에 역 근처 카페에서 그녀와 찻잔을 사이에 두고 마주 앉아 있기라도 했던 것처럼 그녀를 생생하게 기억하고 있다. 그들이 만났던 시간은 너무나 짧았지만, 과거의 일들, 예를 들어, 그녀가 숲 속 통나무집에 누워 있던 모습이나, 혹은 아침에 창밖에 쌓인 눈을 바라보던 모습, 혹은 좁은 마당에서 무엇엔가 몰두해 있던 모습 등이 이따금 드미트리의 눈앞에 불현듯 떠오르고는 했다. 그럴 때면 그의 가슴은 마치 어디선가 한줄기 바람이 불어와 잔

잔한 연못 수면을 일렁이게 만드는 것처럼 다시금 고동치고는 했다. 그녀가 학교 체육관에서 사진기가 달려 있는 삼각대를 설치하고 있었던, 그들의 첫 만남이 있었던 바로 그 날에 그녀가 어떤 옷을 입고 어떤 신발을 신고 있었는지 등등 아주 사소한 것까지도 세밀하게 기억해낼 수 있을 만큼 그의 시각적인 기억력은 뛰어났다. 그는 그녀와 함께했던 모든 나날을 기억하고 있다. 아침이 어떻게 시작되고 저녁이 어떻게 저물어 갔는지를. 세월이 흐른 지금도 그는 관찰력에 있어서만은 자신 있었으며, 기억력은 바로 예밀리야 그녀한테서 배운 기술이었다. 그녀의 직업은 사진작가였고, 드미트리도 사진사가 되었다. 세월이 흐를수록 그의 성격은 무척이나 까탈스럽게 변해갔다. 웬만해서는 만족할 줄 몰랐고, 자신이 찍은 사진 대부분을 그럴듯한 구실을 붙여 무자비하게 찢어버리기도 했다. 20년 동안 한 가지 일에 몰두하다 보면 주변에 대한 지각력이 형편없이 둔해져서, 쓸 만한 작품을 포착하지 못한다는 것이 그 이유였다.

 그런 그가 최근에 만난 한 여인의 손이 그로 하여금 또다시 예밀리야를 떠올리게 만들었다. 이 모든 일은 그가 일거리를 찾아 집을 나섰던 음산한 어느 가을날 아침에 시작되었다. 그는 전철을 타고 가며, 신문팔이한테서 산 조간을

훑어보고 있었다. 그의 맞은편에는 스물일곱에서 서른 살 정도 되어 보이는 젊은 여자가 앉아 있었다. 그녀는 가죽 재킷을 입고, 스카프를 목에 두르고 있었으며, 갈색 머리를 어깨까지 내려뜨리고 있었다. 갸름하고 단정해 보이는 얼굴에, 오뚝 선 콧날, 그리고 짙은 초록빛의 두 눈. 그녀는 신문이나 책 따위를 읽는 대신, 차창 밖으로 흘러가고 있는, 엷은 안개에 싸여 있는 따분한 풍광들을 생각에 잠긴 채 바라보고 있었다. 검은 핸드백 위에 놓여 있는 그녀의 두 손이 드미트리의 눈길을 끌었다. 환상적으로 투명한 흰 돌을 깎아서 만든 듯 가늘고 길쭉한 손가락에서는 신비한 빛이 뿜어 나오는 것만 같았다. 양손 모두 네 번째 손가락에는 보라색 터키석이 박힌 은반지가 끼워져 있었다. 이 반지들이 그녀의 부드러운 손에 더할 나위 없이 잘 어울린다는 생각이 들었다. 그 반지가 없었다면 손가락이 쓸쓸하게 보일 것 같았다. 구부리고 있는 집게손가락의 볼록 튀어나온 부분으로는 퍼런 실핏줄이 얇은 피부를 통해 드러나 보였다. 예밀리야의 손과 아주 흡사했다.

  그가 여자를 바라보고 있는 동안 그녀의 신경은 조금씩 날카로워지고 있었다. 그녀는 오른손으로 왼손을 덮었다. 그가 눈길을 드는 순간, 부릅뜬 그녀의 시선과 마주쳤다. 극도로 경계하는 눈빛이었다. 그제야 그는 자신이 낯선 여자의 두 손을 너무 뚫어지게 보고 있었다는 사실을 깨달았다. 그런 실수를 범했으니 지금 여자가 무슨 생각을 하고 있을지 뻔한 일이다. 아마 그녀의 머릿속에서 그는 질 나쁜 구제불능 인간, 지금 그녀의 손가방을 훔치고 손에서 반지를 빼가는 등의 강도질을 할 순간만을 노리고 있는 악질 같은 놈이 되어 있을 것이다. 그녀는 사람들이 좀 더 많은 다른 곳으로 서둘러 자리를 옮기려고 했다.

"죄송합니다."

드미트리는 최대한 정중한 어조로 말했다.

"제가 결례를 범했어요. 당신 손이 제 눈길을 끌어서…… 너무 아름다워서 저도 모르게 그랬습니다. 아시다시피, 습관이라고 하는 것이…… 어쨌든 뭐라 드릴 말씀이 없네요. 다시 한번 사과드립니다."

드미트리의 변명을 듣고 있는 동안 여자의 표정이 점차 변했다. 준엄해 보이던 표정이 누그러지면서, 경계하는 눈빛도 사라졌다.

"제 손요? 뭐가 달라요? 그냥 평범한 손인데."

그녀가 나지막하게 되물었다.

"아뇨, 절대 그렇지 않아요!"

그는 들뜬 어조로 말했다.

"모르시는 말씀이에요. 이 세상에 그보다 더 아름다운 여자 손은 없을 겁니다. 만일 제가 화가였다면, 틀림없이 당신 손을 그렸을 겁니다."

"음……"

그녀는 어떻게 대꾸해야 좋을지 몰라 짤막한 신음 소리만 냈다.

드미트리가 흥분해서 말을 이었다.

"이를테면 말이죠, 여름에 마당에 있는 당신을 그리는 거예요. 당신은 등나무 의자에 앉아 있고, 햇살은 당신 손에 내내 쏟아지는 거죠."

"꽤 흥미롭네요."

낯선 여인은 이렇게 대답하며, 낡은 부츠를 신고 있는 그의 발로 시선을 돌렸다.

"당신이 화가가 아닌 것이 유감이군요. 그랬다면 제가 모델이 될 수도 있었을 텐데."

"그러게 말이에요."

그가 고개를 내저으며 말했다.

"어쩔 수 없는 일이죠. 그런데 당신은, 실례지만, 모스크바에서 일하시나요?"

"네, 그래요. 그쪽도 모스크바에서 일하나 보죠?"

"아뇨. 사실 전 지금 일거리를 찾고 있는 중이에요. 하지만 그게 뭐 대수겠어요. 일거리란 찾으면 언제든 있기 마련이니까요. 이런, 제가 쓸데없는 말을…… 언제 당신을 다시 볼 수 있을까요?"

"음…… 제 손을 다시 볼 수 있겠냐는 말이겠죠?"

"그러니까, 그 손을 지닌 당신을 말이죠."

"무척 재치가 있으시네요. 가만있자, 그럼…… 내일 타이닌스카야 역에서 보기로 하죠. 아침 열 시에. 내일은 제가 쉬는 날이거든요. 괜찮겠어요?"

"오케이!"

드미트리는 자신의 제의에 대한 그녀의 빠른 답변에 다소 놀라며 말했다.

"저는 당신과 아주 가까운 곳에 살고 있어요. 거기에서 몇 정거장 더 가면 있는 타라소프카 역에 살거든요."

"잘됐네요."

전철이 이내 모스크바 역에 도착해서 그들은 헤어졌다. 드미트리는 이 낯선 여인의 이름을 알아내지 못했다. 물어보는 것을 깜박 잊은 것이다. 인파 속으로 빨려 들어간 여자는 지하철로 가는 통로에서 모습을 감췄고, 그는 야로슬라프스카야 역 광장으로 나왔다. 그는 분주하게 지나가는 잡다한 인파를 바라보며 그 속에서 자신을 한번 찾아보았다. 말 그대로 드미트리 리-마로프 자신이 아니라, 자신을 닮았을지 모르는 사람을 말이다. 쌍둥이라든가 분신에게

사과가 있는 풍경 15

서나 찾아볼 수 있는 외형적인 닮은꼴은 찾을 수 없겠지만, 내면적이고 정신적인 면에 있어서의 닮은꼴은 찾을 수 있을지도 모르니까! 그는 사진사로서의 예리한 시선으로 이 사람 저 사람을 뜯어보다가, 그런 사람을 발견할 때마다 다가가 이것저것 캐묻고 싶은 것을 간신히 눌러 참고는 했다. 발길을 돌려 자신에게서 멀어져 갈 때면, 자책감이 뒤섞인 불만이 줄곧 그를 사로잡고는 했다. 이제 그는 평소처럼 낯선 길을 어슬렁거리며 걷기 시작했다. 이 길은 역 광장에 있는 수많은 사람이 희망에 부풀어 자신의 미지의 운명을 맞이하러 나오는 길이기도 했다. 그는 크라스노프루드나야 거리로 천천히 발걸음을 옮겼다. 교차로에 이르러 왼쪽으로 방향을 틀고, 다음에 오른쪽으로 방향을 틀었다. 거기에는 그저 그렇게 생긴 잿빛 건물이 하나 있고, 어떤 잡지사 편집국이 이 건물의 3층에 있다. 그의 오랜 친구인 톨리크 리트비노프가 여름에 그를 여기로 데려온 적이 있었다. 드미트리는 그 친구의 자그마한 별장에서 기거하고 있다. 톨리크는 이혼하면서 아내에게는 방 두 개짜리 아파트를 남겨주고, 자신은 별장과 낡은 '미츠비시'를 가졌다. 그리고는 모스크바에서 모습을 감췄다. 타고난 성격상 낭만주의자처럼 행동한 적이 한 번도 없던 톨리크는 그때만큼은 다소 무모하면서도 무분별해 보였다. 그는 차에다 자질구레한 가재도구를 싣고서 우크라이나로 떠났다.

"거기에 가면 젊은 시절의 사랑이 있지. 아마, 아직 나를 기다리고 있을지 몰라. 넌 아무 걱정 말고 이 집에 그냥 살고 있어. 전기세 내는 것만 까먹지 않으면 돼. 그랬다가는 전기가 끊어질 테니까. 행여 알빈카가 새 남편과 같이 와서 주제넘게 굴면 쫓아내 버려. 그런데 내 생각에 그럴 것 같지는 않아. 재산 나눌 때 꽤 챙겼거든. 공증인한테 공증 받은 계산서도 이렇게 있는걸. 내가 언제 돌아올지는 나도 잘 모르겠어. 금방 올지도 모르고, 아니면 영영 안 올지도 모르고. 만일 언제든 이 집에서 떠나게 되면 열쇠는 창고에다 걸어두고 가."

그는 이렇게 말하면서 열쇠를 걸어둘 못을 가리켜 보이기까지 했다.

잡지사 편집국의 일러스트레이션 담당자는 톨리크 친구였다. 안톤 두긴이라는 이름을 가진 그 사람은 마르고 키가 큰, 쉰 살가량의 남자였는데, 어딘가 배우 바소프를 닮은 구석이 있었다. 안톤은 드미트리에게 사진들을 돌려주면서, 검게 그을린 길쭉한 얼굴을 씰룩거리며 말했다.

"이보게, 맘에 드는 게 없구만. 우리 잡지사는 말이야, 성

향이 좀 다르거든. 자네 사진들은 심오한 두뇌 활동이 필요한 특별한 것들이야. 하지만 요즘에 누가 머리를 쓰려고 하겠어. 가벼운 게 필요해. 무슨 말인지 알아듣겠나? 요즘 흑백 사진을 찍는 작가들은 매머드처럼 멸종해버리고 없다구. 그런데 자네는 여전하잖아. 자네한테 주소를 하나 알려주지. 거기 가면 전에 감독 일을 했던 내 옛날 여자 친구가 있다네. 한번 들러보게나, 운이 트일 수도 있으니까."

그는 이렇게 말하면서 조잡하게 되는대로 휘갈겨 쓴 쪽지를 드미트리에게 쥐어 주었다.

이튿날 아침은 쌀쌀하고 잔뜩 흐린 날씨였다. 태양 빛이 짙은 안개를 간신히 비집고 간간이 비치고는 했다. 드미트리는 아무 데도 가고 싶지 않았지만, 약속을 해놓아서 어쩔 수 없었다. 그는 어제 입었던 외투를 걸쳤지만, 셔츠와 바지는 혹시 몰라서 다려 입었다. 그는 하얀 셔츠를 좋아하지 않는다. 때가 잘 타기 때문이다. 그래서 그는 어두운 계통의 옷이나 체크무늬 옷을 더 좋아한다.

여자는 열 시 정각에 왔다.

"자, 가요."

그녀는 짤막하게 이 말만 하고는 승강장에서 그를 데리

고 나왔다. 그는 여자한테서 좀 떨어진 채 그 뒤를 따라 걸었다. 그녀는 가운처럼 생긴 무난한 색의 옷에 털실로 짠 풀오버를 걸치고, 굽 낮은 샌들을 신고 있었다. 풀오버의 소매 밖으로 희고 보드라운 손이 보였다. 그들은 얼마 가지 않아 골목길로 들어서서 초록색 담장 쪽으로 걸어갔다. 담장 너머에는 높다란 이층 단독 주택이 서 있었다. 친구인 톨리크 리트비노프의 집이 있는 건물도 이층 건물이었지만, 거인처럼 보이는 이 집에는 댈 것도 아니었다. 여자는 그를 쪽문으로 데리고 들어가더니, 좀 떨어져 있는 별채 쪽으로 그를 데려갔다. 거기에는 장작더미가 있었다.

"이걸 처리하시면 돼요. 장작을 패야 하는데, 좀 큰 것은 4등분하고, 그보다 작은 것은 2등분해서 처마 밑에 놓아줘요."

그녀는 이렇게 사무적으로 말하고는 집 쪽으로 가버렸다.

드미트리는 마치 길을 잃고 어쩔 줄 모르는 수캐처럼 좌우를 둘러보며, 대체 일이 어떻게 돌아가는 것인지 생각해 보았다. 아, 정교하게 만든 은반지를 끼고 있는 보드랍고 섬세한 손들이여! 그 손은 현관 계단을 올라가 문 뒤로 사라져 버렸다. 그래, 물론 그 손들은 상냥함을 위해서 존재할 뿐, 결코 장작을 패는 따위의 일을 위해 만들어진 것은 아니지. 이렇게 힘든 일은 힘센 남자한테나 어울리는 일이니까. 드미트리는 외투를 벗어 근처 낡은 의자의 등받이에 걸쳐두고는, 셔츠 소매를 걷어붙이고 도끼를 집어 들었다. 튼튼한 강철과 단단한 도낏자루가 달린 이 좋은 도구는 단순한 목공용이 아닌, 바로 장작을 패기 위해 만들어진 것이었다. 작업이 어찌나 잘 되던지! 그는 서두르지 않고 서서히 속도를 올려갔다. 적당한 긴장감과 정연한 몸놀림을 유지하는 것이 가장 중요했다. 그는 도끼를 내리칠 때마다 나무꾼처럼 '얍!' 하고 나지막하게 기압을 넣고는 했다.

장작더미와 씨름한 지 몇 시간 만에 작업이 마무리되었다. 드미트리는 안주인이 가리켰던 곳에 장작들을 갖다 놓았다. 그러자 그녀가 나와서 그를 부엌으로 데리고 들어갔다. 먹을 것을 주려는 것이었다. 그는 개수대에서 손을 씻고 식탁에 앉았다. 여자는 김이 모락모락 나는 수프 한 접시와 빵을 그의 앞에 놓아주고, 단지에서 오이절임과 토마토를 꺼내주고서 밖으로 나갔다. 그는 주위를 둘러보았다. 널찍하고 아늑해 보이는 평범한 부엌이었다. 가스대, 개수대, 찬장, 낡은 의자들이 있었고, 벽에는 양파 묶음이 걸려 있고, 한쪽 구석에는 감자가 든 상자가 있었으며, 방금 전 여자가 오이절임과 토마토를 꺼냈던 단지도 거기에 있었다. 여자는 일당을 접시 옆에다 놓으면서도 내내 말이 없었다. 드미트리는 지폐에 푸르스름하게 쓰여 있는 50루블이라는 숫자를 한동안 다소 망연자실한 채로 바라보고 나서 음식을 먹기 시작했다. 수프와 빵 두 조각을 먹고, 더 이상 다른 것에는 손도 대지 않았다. 그 집을 나오는데, 닫힌 문 너머로 방 안에서 여자가 어떤 남자와 얘기를 하고 있는 소리가 들렸다. 그들은 뭔가 일상사에 관한 일로 심하게 언쟁을 하고 있었다.

그 짧은 사연은 이렇게 끝이 났다. 그는 이후로 더 이상 그녀를 만나지 못했다. 그는 전철을 탈 때면 자기도 모르게 제일 마지막 칸에 앉고는 했다. 눈이 내리고, 구질구질하고, 춥고, 불편한 날씨가 시작되고 있었다.

* * *

드미트리는 어느 석간신문에 싣기로 한, 두 장의 사진값으로 얼마간의 돈을 받았다. 그러나 이 돈은 입에 풀칠하기에도 빠듯한 액수였다. 그의 삶은 점점 궁색해져 가고 있었지만, 구원의 손길은 어디에서도 찾아볼 수 없었다. 이 도시에서 더 이상 뭘 어떻게 할 수 있을까? 보따리 장사 같은 건 관심도 없을뿐더러 잘할 리도 없고, 맘 같아서는 은행이라도 하나 차리고 싶지만 가당치도 않은 일이고. 그는 이제 친구의 별장에서도 떠나야 할 것 같다는 생각이 들었다. 창고로 가서 낡은 솜 외투 밑에 있는 못에다 열쇠를 걸어두고서, 따뜻한 지역으로 가는 기차를 타고 떠나기로 마음먹었다. 그런데 바로 그 시점에 그의 계획을 바꿔놓는 사건과 맞닥뜨리게 되었다.

어느 날 프로스펙트 미라 역에서 멀지 않은 거리를 걷던 그는 자신과 아주 흡사하게 생긴 사람을 발견했다. 닮은꼴의 그 남자는 번쩍거리는 진열장이 있는 어느 상점의 현관 계단에 서 있었다. 비스듬히 흩날리는 눈발이 그의 뺨으로 떨어졌다. 드미트리는 불현듯 그에게 근처 카페에 가서 차라도 마시자고 제안하고 싶어져서 그에게 다가가 어깨를 툭툭 두드리며 말을 건넸다.

"이보게, 친구, 어떻겠나, 우리……."

이렇게 말하면서 손을 내민 순간, 그는 타일이 깔린 입구로 발을 내딛다가 그만 보기 좋게 미끄러지고 말았다. 바닥에 기름이라도 칠한 것 같았다. 정신을 차려보니 그는 땅바닥에 엎어져 있고, 어찌 된 영문인지 그의 닮은꼴도 곁에 있었다. 드미트리가 넘어지면서 얼결에 그의 손을 잡았던 것이다.

"이런."

드미트리는 다친 무릎을 문지르면서 얼굴을 찌푸리며 말했다.

"내가 실수를 했군. 자, 일어나게나……."

그런데 바로 그 순간 누군가의 우악스러운 손이 그를 바닥에서 일으켜 세우더니 그의 턱을 내리쳤다. 그리고는 가게 안으로 끌고 들어가 좁은 복도를 따라 그를 질질 끌고 갔다. 정신을 차려 보니 불이 환하게 밝혀져 있는 사무실 안이었다. 그는 불안에 떨며 의자에 앉아 있었다. 보아하니 그가 일을 저지른 것 같았다. 마네킹을 자신의 닮은꼴로 착각한 것이다. 기골이 장대해 보이는 젊은 경비원들이 마네킹도 가지고 들어왔다. 짧은 재킷이 입혀진 그 마네킹은 목이 부러져 있었다. 경비원들은 책상에 앉아 있는 어떤 여자에게 일의 자초지종을 설명하고 있었다. 설명이 끝나자 모두의 시선이 일제히 드미트리에게로 향했다.

"잘못했습니다."

드미트리가 천천히 입을 열었다.

"착각을 했어요…… 믿으실지 모르겠지만, 저는 댁의 마네킹이 제 오랜 친구인 줄로만 알고…… 훼손된 부분에 대해서는 보상을 해드릴 테지만 당장은 가진 돈이 없습니다. 그래도 최대한 빨리 갚도록 하겠습니다…… 당분간 제 사진기를 담보로 갖다 드리도록 하죠."

"사진기는 무슨 사진기?"

경비원 가운데 한 명이 벌컥 화를 냈다.

"저 인간은 빈털터리예요. 뜨내기에 부랑자라니까요, 안나 알렉세예브나. 경찰서로 끌고 가서 조사받게 해야 한다구요."

여자는 책상 너머로 뜨내기이자 부랑자를 이리저리 뜯어보았다. 그녀의 푸른 눈동자에 준엄한 빛이 서려 있었다. 그녀의 등 뒤에 있는 창문으로 소나무 가지가 보였다. 여전히 푸르른 가지는 흰 눈을 모자처럼 뒤집어쓰고 있었다.

"이름이 뭐죠?"

안나 알렉세예브나가 물었다.

"리-마로프라고 합니다, 드미트리 리-마로프죠. 중간에 대시가 있는."

"고려인이세요?"

그녀는 종이에 뭔가를 쓰면서 물었다.

"네, 절반은요. 어머니는 고려인이고, 아버지는 러시아인입니다."

"어디 살아요?"

"친구 별장에서 살고 있습니다. 야로슬라프스카야 역에서 전철로 40분 정도 걸리죠."

"어디서 일해요?"

"저는 사진사인데, 고정된 직장은 없습니다."

"여권 좀 보여주세요."

"잃어버릴까 봐 여권은 가지고 다니지 않습니다."

그러자 아까 그 경비원이 끼어들었다.

"맞아요, 증명할 만한 것이 아무것도 없더라구요, 안나 알렉세예브나. 불량배라니까요."

"어째서 마네킹을 쓰러뜨린 거죠?"

그녀가 물었다.

"미끄러져서 발을 헛디뎠어요. 분명 살아 있는 사람처럼 서 있었는데…… 이상하게 들리겠지만, 처음에는 그게 제 자신인 줄 알았어요."

"그렇게 뻔한 사실을 몰랐다구요?"

"배상해드리겠습니다."

"내가 어째서 당신 말을 믿어야 하죠? 당신을 보내주면

사과가 있는 풍경 25

그대로 사라져 버릴지도 모르는데."

"당신 직원 중 한 명을 제가 살고 있는 별장으로 보내세요."

"다 거짓말이에요!"

머리를 짧게 깎은, 콧수염 있는 다른 경비원이 소리 질렀다.

"별장은 무슨 별장. 돈이나 내라고 하세요! 여기 슈퍼마켓에서 샐러드를 파는, 알레프티나라고 하는 고려인 여자가 있어요. 그 여자한테 돈을 빌리게 하면 일이 해결되겠네요."

그러자 여자가 드미트리를 보며 말했다.

"당신이 마네킹 머리를 부러뜨렸는데, 그 마네킹은 백 달러짜리예요."

"알레프티나한테 가서 돈을 가져오게 하라니까요! 같은 족속이잖아요."

경비원이 고집을 부렸다.

드미트리는 아무 말도 하지 않았다.

"가세요. 그리고 다시는 그러지 마세요."

안나 알렉세예브나가 생각지 않게 관대함을 보였다.

"고맙습니다. 이렇게 불상사를 일으켜서 정말 죄송합니

다. 안녕히 계세요. 다음에 뵙겠습니다!"

드미트리는 이렇게 말하고 사무실을 나섰다. 마음이 몹시 찝찝하면서도 울적했다.

고려인인 알레프티나는 슈퍼마켓의 채소 판매대 뒤에서 있었다. 그녀가 입고 있는 푸른색 가운 앞깃에는 '알레프티나 김'이라고 수놓아져 있었다.

"어떠세요, 장사는 잘 됩니까?"

드미트리가 그녀에게 다가가 물었다.

"그저 그렇죠, 뭐. 그날이 그날이에요."

알레프티나가 대꾸했다.

"뭐, 샐러드 사시게요?"

"아니요. 그냥 좀 와봤어요. 저도 고려인이거든요."

"고려인이라구요? 그렇게 보이지 않는데. 아하, 튀기신가 보죠?"

"튀기라고 하면 보통 아메리카 인디언과 멕시코인이 혼합한 걸 일컫죠. 저는 피가 반쯤 섞인 거예요."

"흔히들 그렇게 말해서요. 미안해요. 저, 샐러드 좀 드릴까요? 제가 그냥 드리는 거예요."

"아뇨, 고맙지만, 됐습니다."

***

 그는 여기저기 두리번거리며 길을 걸었다. 주위를 둘러보며 걷는 것을 그는 무척 즐기는 편이다. 잿빛 윤곽을 띠고 있는 도시 풍경이 그의 느린 걸음걸이에 맞춰 흔들리고는 했다. 차가운 유리창에 푸르스름한 하늘이 뿌옇게 투영되고 있는 고층 석조건물들도 함께 흔들렸다. 바퀴 언저리와 차체 아랫부분이 온통 지저분한 눈덩이로 만신창이 되어 있는 자동차들이 긴 행렬을 이루고 있다. 왕복 차선 모두 자동차들이 꼬리에 꼬리를 물고서 질주하고 있는 광경은 마치 신기루처럼 멋진 한 폭의 그림을 연출하고 있었다. 걸음을 멈춘 드미트리는 눈을 가늘게 뜨고서 그 광경을 한 화면에 담듯이 잡아보았다. 한 컷이 되도록 초점을 맞춰 보고는 맘속으로 가볍게 셔터를 눌렀다. 이러한 광경들은 사진으로 남길만한 가치가 충분히 있다. 같은 광경을 두 번 다시 볼 수는 없지 않은가! 그런 순간들을 놓쳐버린다면 정말 아깝지! 멀리 보이는 고층 건물 뒤로는 짙은 구름의 장막 사이로 장밋빛 저녁노을이 환영처럼 비치고 있었다. 그것은 말로 형용할 수 없이 아름다운 광경이었다. 10초 정도가 지나자 장면이 바뀌어, 빛이 더 짙어지면서 건물

들은 또 다른 윤곽을 띠었다. 같은 장소에서 이와 똑같은 현상이 다시 재현되려면 적어도 백 년은 지나야 할걸! 사진사는 사진기를 늘 지니고 다녀야 하는데, 그걸 집에 두고 오다니! 이건 모두 필름을 아끼기 위해서였다. 드미트리는 이 도시에서 흑백 필름과 시약제들을 살 수 있는 상점을 몇 군데 알고 있다. 하지만 그는 허리띠를 바짝 졸라매고 살아야만 했다. 겨울 외투도 장만해야 했다. 신발은 닳을 대로 닳아서, 두툼한 양말도 추위로부터 발을 보호해 주지 못했다.

 하늘에서 눈발이 날리기 시작했다. 설탕처럼 반짝이는 눈발이 행인들의 머리와 건물 지붕, 나뭇가지 등에 내려앉았다. 그는 몸을 좀 녹이기 위해 카페에 들렀다. 그리고는 찻잔을 마주하고 창가에 앉아, 거리에서 일어나는 광경들을 다시금 열심히 내다보기 시작했다. 사진기가 수중에 없음에도 불구하고, 그는 지금 여기 탁자 위, 김이 피어오르는 찻잔 옆에 그 사진기가 있다고 상상하면서 사진기를 상대로 대화를 나누었다. 이 독일산 '보이그랜더'는 1925년에 만들어진 것인데 아직도 꽤 쓸 만하다. 이런 사진기는 요즘에는 박물관에서나 볼 수 있을 만큼 희귀한 것이 되었다. 다루기가 여간 힘든 게 아니기 때문에 누군가에게 유산으로 남겨지기라도 한다면 그 사람에게는 무척 성가신 물건이 될 것이다. '보이그랜더'는 삼각 받침대에 고정해서, 렌즈와 함께 주름상자를 움직여가면서 꼼꼼하게 맞춰야 하는데, 이 작업을 할 때 검은 천을 머리에 뒤집어써야 한다. 그리고 나서 노출 시간과 조리개를 맞춰야 하고, 그다음 단계로는 필름과 함께 사진 원판을 사진기에 꽂고, 얇은 강철로 된 덮개를 사진 원판에 끼운다. 이러한 모든 과정이 끝나야 비로소 셔터를 누를 수 있다. 머리에 시커먼 두건을 덮어써가며 하는 이런 모든 과정들이 다른 사람들에게는 아마 구식으로 여겨지리라. 하지만 드미트리는 이러한 모든 것이 맘에 들었다. 그런 작업 과정 자체가 좋은 것이다.

드미트리가 이 일을 하게 된 시점은 그가 아직 젊었던 오래전으로 거슬러 올라간다. 그는 당시 졸업반이었다. 모든 졸업생은 학창 시절을 기념하기 위한 사진 촬영을 해야 했는데, 이를 위해 젊은 여자 사진사가 왔다. 얼굴과 손이 햇볕에 잘 그을린 예쁜 그녀는 청바지에 얇은 흰 재킷 차림이었다. 그녀 이름은 예밀리야였다. 그녀는 회색 캔버스를 들고 체육관으로 와서는 조명과 사진기가 부착된 삼각대를 설치해 놓고서, 11명의 풋내기 녀석들과 17명의 여학생들 모두에게 잔소리를 해댔다. 드미트리는 자기 차례가 되자 의자에 가서 앉아서는, 사진기 렌즈가 아니라 그녀를 쳐다보았다. 매혹적인 얼굴과 갈색의 큼지막한 눈, 조각 같은 목덜미, 그리고 드러내 놓고 있는 우아한 손들을. 화사하고 긴 머리는 하나로 묶여 목덜미로 늘어져 있었다. 그 많은 학생의 사진을 찍는다는 것은 역시 쉬운 일이 아니었고, 예밀리야는 이따금 앳된 여학생처럼 흘러내린 머리를 땀 맺힌 이마에서 쓸어 올리고는 했다. 그녀의 이마는 주름살 하나 없이 매끈하고 반드르르했다. 드미트리는 손가락으로 그 이마를 살짝 만지고 싶은 충동이 생기기도 했다. 예밀리야의 움직임은 하나같이 경쾌하고 정확하면서도 여성스러웠다. 심지어 그녀가 화면과 명암 등을 맞추기 위해 머리와 사진기에 시커먼 천을 드리울 때조차도, 굳은 듯 꼼짝 않는 그녀의 모습은 말로 형용할 수 없는 감동적인 신비함을 내뿜고 있었다.

  일주일 후 예밀리야가 사진을 갖고 학교로 왔다. 앨범은 27개였다. 책처럼 생긴 앨범은 옥양목으로 만들어진 딱딱한 상자에 넣어져 있었다. 앨범을 펼쳐서 보면, 왼쪽 페이지에는 졸업생 사진이 있고, 오른쪽에는 학교장을 중심으로 선생들과 학급 전체가 찍은 사진이 있었다. 드미트리는 앨범을 받지 못했다. 다른 학생들의 앨범 속에 그의 것은 보이지 않았던 것이다.

"집에 두고 왔나 봐."

예밀리야가 말했다.

"맞아, 틀림없어. 속상해하지 마, 내일 가져올게. 아, 바쁘지 않으면 나랑 같이 우리 집에 가자."

그날은 문학 시험을 앞두고 상담이 있는 날이었지만, 드미트리는 그녀에게 시간이 된다고 말해버렸다. 그들은 그녀의 낡은 '슈코다'를 타고 갔다. 그녀는 오늘은 청바지가 아닌 스커트 차림이었다. 차가 비좁아서 그녀의 무릎이 운전석 앞부분에 거의 닿을 정도였고, 스커트는 넓적다리가 드러나도록 치켜 올라가 있었다. 드미트리는 자동차들이 달리고 있는 도로에 시선을 집중하려고 앞쪽만 뚫어지게 바라보고 있었다. 그러다 예밀리야가 그에게 말을 걸자 그쪽으로 고개를 돌린 순간 자기도 모르게 그녀의 예쁜 다리를 보는 바람에 뭔가 엉뚱한 대답을 해버렸다. 그들은 곧 목적지에 닿았다. 버드나무에 둘러싸여 있는 오렌지색 지붕의 하얀 건물이었다. 집에는 계단 세 개에 유리 베란다도 있었다. 넓은 방에는 사진 액자들이 잔뜩 걸려 있었고, 소파, 그리고 사진과 앨범들이 무더기로 쌓여 있는 탁자가 있었다. 예밀리야가 여기저기 샅샅이 훑어보았지만 앨범은 눈에 띄지 않았다.

"내가 만드는 걸 깜박했나?"

그녀는 생각에 잠겨 중얼거렸다.

"잊은 게 분명해. 어쩌지 그럼……."

"예밀리야 바실리예브나, 그렇게 걱정하실 것 없어요."

드미트리가 서둘러 일어나면서 말했다.

"그게 뭐 그렇게 대수라고…… 다음에 만들어 주세요."

"좋아. 며칠 있다가 내가 학교로 가져다줄게."

"뭘요, 제가 오면 되는데……."

"화났어?"

"제가 뭐 계집앤 줄 아세요?"

"혹시 사진을 어떻게 만드는지 본 적 있니?"

"아니요."

"한번 볼래?"

"그래도 돼요?"

"이리 와 봐."

예밀리야는 그를 옆방으로 데리고 갔다. 방에는 사진 확대기가 놓여 있는 탁자와 용액이 들어 있는 냉각기 서너 개, 그리고 다른 여러 도구들이 있었다. 화학 약품 냄새가 풍겼다. 벽에 붙은 선반들은 소포 상자들과 책, 잡지들로 인해 휘어질 지경이었다. 여러 가닥의 줄에는 건조 중인 사진 원판들이 빨래집게로 단단히 집어진 채 줄줄이 걸려 있었다.

"여기가 내 작업실이야."

여자는 이렇게 말하며 사진 원판을 집어 들어 확대기에 넣고는, 창문에 암막을 쳤다. 붉은빛이 방을 가득 채웠고, 두 사람도 붉게 보였다. 드미트리는 옆에 있는 의자에 앉아 그녀의 움직임을 넋 놓고 바라보았다. 그녀가 하는 모든 것이 그에게는 새로웠으며, 상상할 수 없을 정도로 흥미진진했다. 그녀는 곧 핀셋으로 용액 속에 있던 종이를 들어 올리며 말했다.

"이것 좀 봐, 널 알아보겠어?"

그가 자세히 보기 위해 종이로 몸을 숙이는 바람에 그만 두 사람의 뺨이 닿고 말았다.

"어, 뭐야, 뽀뽀라도 하려구?"

그녀가 속삭이듯 달콤한 목소리로 그를 나무랐다.

"죄송해요…… 그게 아니라……."

드미트리는 피가 얼굴로 쏠리는 것 같았다. 붉은 전등 빛 아래에서도 빨개진 그의 얼굴이 표가 날 것만 같았다.

"괜찮아, 됐어."

여자는 빙긋 웃어 보이더니, 사진을 물로 씻어낸 다음 정착액에 담갔다.

"키스해봤어? 여자 친구는 있고……? 아니, 왜 아무 말이 없으실까? 흠, 내가 난처한 질문을 했나……? 좋아, 알았어, 안 그럴게…… 네 사진은 정착되게 놔두고, 그만 나가자."

거실로 나오자 예밀리야는 손을 씻고서 찻주전자를 불에 올리며 말했다.

"이제 커피나 한잔 마시자."

그녀가 커피를 준비하는 동안, 드미트리는 벽에 걸린 사진들을 둘러보았다. 시골길, 초원, 나무들, 도시의 골목들, 강…… 여자아이 사진도 있고, 여인네들, 남자들, 그리고 노인들 사진도 많았다. 가슴을 반쯤 드러내고 있는 젊은 여자의 사진도 있었는데, 얼굴이 무척 낯익었다. 이런, 바로 예밀리야의 사진이었다. 그는 또다시 얼굴이 화끈거림을 느끼며 얼른 다른 사진으로 시선을 돌렸다. 이번에는 세 개의 사과가 있는 사진이다. 낮은 곳에서 원근화법으로 찍은 사진인데, 과일들은 유리 탁자에 놓여 있었다. 그런데 어쩐지 과일들이 허공에 떠 있는 듯한 느낌이 들었다. 그는 여자아이의 사진으로 다시 시선을 돌렸다. 무척이나 생생하면서 밝은 느낌의 사진이다. 헝클어진 머리, 햇볕에 그을린 통통한 뺨, 쾌활하고 장난기 서린 두 눈. 여자 아이는 예밀리야를 닮은 것 같았다.

"내 딸이야."

예밀리야는 이렇게 말하며 선반에서 「현대 사진술의 대위법」이라는 잡지를 꺼내더니, 여자아이의 사진이 수록된 지면을 찾아냈다. 잡지에 실려 있는 사진이 훨씬 더 잘 나왔다.

"난 내 작품이 전문성을 띠고 있다고 높이 평가하고 있어. 잡지사 초청으로 프라하에 다녀온 적도 있는데, 대가인 요셉 바시쿠가 내 손을 잡아주면서 기념 동메달을 직접 걸어줬다구. 한번 볼래?"

예밀리야는 상자를 열더니, 광택이 좀 흐려진 메달 하나를 드미트리에게 건네주었다. 메달에는 중년 남자의 옆모습이 주조되어 있었다.

"이건 누구예요?"

"미로슬라프 드보르작이라고 체코의 유명한 사진작가야. 파시스트 수용소에 있다가, 부상으로 1960년에 세상을 떴어. 이건 그의 이름을 딴 대회였지."

예밀리야는 커피 잔을 탁자에 내려놓았다.

"학교를 전전하면서 찍는 사진은 그다지 좋은 작품이라고 할 수는 없어."

그녀는 다소 침울한 어조로 말했다.

"하지만 물론 그 일도 제대로 해야지. 학교에서는 흥미로운 요소들을 접할 수도 있거든."

그들은 꽤 가까이 나란히 앉았다. 드미트리는 커피를 마시고는 있지만 아무 맛도 느낄 수 없었다. 그는 소파에 앉아 있는 여자에 대해 생각하고 있었다. 따스한 숨결과 옅은 향수 냄새가 감지될 만큼 가까이에 있는 그녀에 대해서. 그의 앞으로 보이는 벽에는 남자들 사진과 단체 사진, 신비한 사람들과 학자들, 멋쟁이들의 사진들이 걸려 있었는데, 그는 뜨거운 커피를 기계적으로 홀짝이며 그 사진들을 둘러보고 있었다. 그들 중 누군가는 분명 예밀리야의 남편일 것이다. 이런 생각이 들자, 옆에 있는 여자가 드미트리에게는 마치 새벽하늘의 금성과도 같이 절대 가 닿을 수 없는 존재로 여겨졌다. 잠시 후 그는 예밀리야의 집에서 나왔다.

드미트리의 부친은 벽돌 공장 기술자였고, 모친은 학교 물리 선생이었다. 부친은 공장에서 일급 전문가로 인정받고 있었지만, 이따금 술을 마시고는 했다. 그러나 술을 마셨다고 해서 소란을 피우는 일은 결코 없었고, 거리에서 비틀거리거나, 시궁창에 구르는 일도 없었다. 그저 마당 구석진 곳에 있는 썰렁한 반카*에서 술과 안주를 놓고 조용히 앉아 있을 뿐이다. 모친은 자기 남편이 그런 식으로 술을 좋아하는 것이 병이라고 생각하여 말없이 꾹 눌러 참고는 했다. 그럴 때면 드미트리는 낚시 도구를 챙겨 들고 강으로 가서, 자신의 생각이 수면 위에서 흔들리며 어딘가 알지 못하는 곳으로 물결 따라 흘러가게 내버려 두고는 했다.

  그날 밤 드미트리는 잠을 이루지 못했다. 그녀가 찍은 묘한 풍경들, 잘생긴 남자들, 그리고 허공으로 비상하는 듯한 세 개의 사과 등등 온통 예밀리야에 대한 생각뿐이었다. 끝없는 흥분에 불타오른 그는 마당으로 나갔다. 반카에 불빛이 보였다. 창문으로 안을 들여다보니 의자에 부모님이 앉아 있었다. 부친은 머리가 헝클어진 채, 모친의 어깨를 그러안고서 어딘가를 뚫어지게 응시하고 있었고, 모친은 무척 슬퍼 보이면서도 상냥한 표정으로 무슨 말인가를 하고 있었다. 마치 르네상스 시기 이탈리아 화가들의 그림에

---

* 러시아에는 집집마다 마당 한켠에 반카라는 건물이 있다. 반카는 우리나라의 사우나실과 비슷한 기능을 한다. – 옮긴이주

서 볼 수 있는 성모 마리아에서나 찾을 수 있는 그런 광경이었다. 그는 집으로 들어와 자리에 누웠다. 그리고는 무엇 때문인지는 모르겠지만 슬그머니 웃다가 이내 잠이 들었다.

이튿날, 그는 약속대로 자기 사진을 받으러 예밀리야의 집으로 갔다. 화사한 바지에 흰 셔츠 등 모두 다림질하여 말끔하게 차려입었고, 정성 들여 닦은 구두도 신었다. 그의 걸음걸이는 빨랐고, 가슴은 쿵쾅거리며 뛰었다. 그는 자동차 '슈코다'가 옆에서 급브레이크를 밟는 소리도 알아채지 못했다.
"자, 빨리 타!"
예밀리야가 차창 밖으로 고개를 내밀며 말했다.
"번개를 찍어보려고!"
드미트리가 옆자리에 앉자 그녀는 이렇게 말하면서 속력을 냈다.
"여기까지 간신히 왔어. 이번에 그 장면을 포착할 수 있을지는 알 수 없거든."
이내 도시를 뒤로하고 그들은 강 쪽으로 달렸다. 드미트리가 낚시도구를 들고 주변을 온통 배회하고 다니던 그 강이었다. 다리와 작은 숲을 지나 샛길로 접어들어서, 그들은 토끼풀이 무성한 푸르른 벌판 한가운데에 멈췄다. 앞쪽으로 멀리까지 펼쳐져 있는 들판은 급격하게 밑으로 내려앉았다가, 그곳에서 다시금 불쑥 솟아 나와 있었다. 마치 누워 있는 거대한 야생 짐승의 등과도 같은 형상이었다. 짐승은 그르렁거리는 소리를 내면서, 소용돌이치고 있는 시커먼 먹구름 덩이를 눈에 보이지 않는 거대한 앞발로 밀어내고 있었다. 빗방울이 떨어지기 시작했다. 예밀리야는 대형 우산을 펼쳐 들었다. 화가들이 스케치할 때 사용하곤 하는 우산이었다. 그녀는 장대의 날카로운 쪽을 땅에 꽂고는, 바람에 쓰러지지 않도록 잘 잡으라고 드미트리에게 지시하고 나서 사진기가 달린 삼각대를 설치했다. 그때 그들의 머리 바로 위에서 완벽한 천둥소리가 났다. 그녀는 계속해서 도구들을 꺼내어 삼각대 설치를 마치고는, 필요한 장면을 잡기 위해 무릎을 꿇고서 카메라 렌즈를 열심히 맞추고 있었다. 갑자기 번개가 번쩍였다. 마치 지칠 줄 모르는 맹수가 잎사귀들을 순식간에 다 태워버리는 눈부신 나뭇가지를 허공에 대고 맹렬히 흔들어대는 것만 같았다. 비가 쏟아지고 있었지만 예밀리야는 여전히 무릎으로 풀밭을 기어 다니면서 셔터를 눌러댔다. 마침내 그녀가 일어섰다.

드미트리가 우산을 집어 들자 그들은 그것으로 비를 피하며 차가 세워져 있는 곳으로 뛰어갔다. 비는 마치 양동이로 쏟아 붓는 것처럼 내렸다. 예밀리야는 자동차 문을 열고서 도구들을 뒷자리에 놓고, 우산은 접어서 바닥에 내려놓았다. 두 사람이 각자 자기 자리에 앉는 동안 그들은 흠뻑 젖어버렸다.

"끔찍하군! 완전 홍수잖아!"

예밀리야가 소리쳤다.

그녀의 얇은 재킷이 몸에 착 달라붙어 있었다. 그녀는 재킷을 벗어 물을 짜냈다.

"셔츠도 벗어서 짜야겠네! 히터 틀어줄게."

그는 셔츠를 벗었다.

"바지도 벗어!"

젊은이가 어찌해야 좋을지 몰라서 망설이고 있는 동안, 여자는 스커트를 벗어서 물을 짜고 있었다. 드미트리는 그녀가 하는 대로 따라 했다. 자동차 시동이 걸리면서 훈훈한 바람이 불어왔다. 그는 여자를 바라보았다. 그녀는 젖은 머리를 뒤로 쓸어 넘기고는 그를 향해 몸을 돌렸다. 그녀의 두 눈에 짓궂은 빛이 감돌았다.

"여자와 키스해본 적 있어 없어?"

그녀는 이렇게 묻고는 몸을 웅크리면서 투덜댔다.

"네가 언제 그랬든지 간에 젖은 브래지어는 정말 싫어."

그녀는 앞으로 좀 움직이더니 허리를 숙였다.

"자, 끄르는 것 좀 도와줘…… 괜찮아, 해 봐…… 거기에 고리가 있을 거야. 그래, 잘했어. 너도 이제 이런 걸 할 줄 알아야 한다구."

예밀리야는 끈만 매달려 있는 브래지어를 벗어서는, 물기를 짜지도 않고 그냥 자동차 문고리에 걸어 놓았다. 그리고는 다시 드미트리를 쳐다보았다.

"자, 대답해 봐…… 키스해 봤어……? 나한테 키스하고 싶어?"

그녀는 두 눈을 감았다. 둥그스름하고 탄력적인 그녀의 가슴이 숨 쉬는 것에 맞춰 천천히 오르락내리락했다. 젊은 이의 가슴이 어찌나 미친 듯이 쿵쿵거리며 뛰던지, 마치 천둥소리처럼 크게 들렸다. 그에게는 들판 저 멀리에서 들려오는 천둥소리와 쏟아지는 폭우 소리보다도 더 크게 들리는 것만 같았다. 그는 몸을 숙여 여자의 입술에 키스를 했다. 그의 손이 그녀의 넓적다리 쪽으로 내려가자, 살갗에 새겨진 옷 자국이 느껴졌다. 그녀는 그가 떨지 않도록 그를 어루만져 주었지만 소용없었다. 드미트리는 사시나무 떨듯 떨면서 이까지 딱딱 부딪는 소리를 내며, 입맞춤하고 있는 그녀의 뜨거운 입술을 간신히 물고 있었다. 그녀가 좀 더 가깝게 다가오더니 그의 자리로 옮겨 와서는 좌석 등받이를 젖혔다. 그는 온몸으로 성급하게 그녀에게 매달렸고, 예밀리야가 다른 손으로 뭔가를 어떻게 해보기도 전에 그는 완전히 일을 끝내고 말았다. 그는 문득 수치스러운 생각이 들었고, 쥐구멍이라도 있으면 들어가고만 싶었다. 바로 그 순간 그의 떨림이 멈췄다. 그의 얼굴에 축축한 것이 느껴졌다. 그녀의 젖은 머리카락일 수도 있고, 눈물일지도 몰랐다.

그녀는 가쁜 숨을 몰아쉬며 그를 안은 채로 나지막이 말했다.

"괜찮아, 괜찮아…… 원래 그런 거야. 다 잘됐어…… 넌 아주 강하고 멋진 남자야. 난 네가 여자 경험이 있는 줄 알았는데…… 다 잘될 거야. 어휴, 그나저나 여긴 너무 불편하고 비좁다. 나 이제 내 자리로 갈게……."

폭우는 점차 잦아들었다. 유리창에 줄곧 물의 장막이라도 드리울 것 같던 빗줄기는 방울져 흩어지기 시작했고, 주위의 풍광도 산뜻한 윤곽을 드러내고 있었다.

"이렇게 하자."

예밀리야가 단호한 어조로 말했다.

"이제 같이 우리 집에 가는 거야. 좀 말려야지. 그런 꼴로 집에 갈 수는 없잖아. 괜찮지?"

드미트리는 난처한 표정으로 걱정스럽게 그녀를 바라보았다.

"남편 없으니까 걱정 마. 물론 전에는 있었고, 지금도 있기는 하지. 그렇지만 그 사람은 지금 다른 여자의 남자야."

그들은 옷가지들을 펴보았다.

"으으으, 불쾌하고 끈끈해. 한마디로 끔찍 그 자체군!"

여자는 젖은 스커트를 입으며 말했다. 그녀는 브래지어를 콘솔박스에 올려놓았다. 드미트리는 그녀가 재킷 입는 것을 거들어주다가, 그만 손이 그녀의 가슴에 닿고 말았다. 다음 순간, 그는 손바닥이 화끈거림을 느끼면서 탄력적인 언덕으로 정신없이 덤벼들었다. 깜짝 놀란 예밀리야가 눈을 휘둥그렇게 뜨며 입술을 달싹였지만, 젊은이의 입술이 그녀의 입술을 덮쳤기 때문에 그녀는 아무 말도 할 수가 없었다. 그는 격렬하게 미친 듯이 입맞춤을 했다. 하지만 그녀는 포옹에서 살짝 빠져나오며 애들처럼 깔깔거리며 웃어댔다.

"왜 그렇게 서둘러?"

그들은 전속력으로 달려서 도시로 돌아와, 조금 전 빠져

나왔던 뇌우를 여기에서 다시 맞닥뜨렸다. 말할 것도 없이 그들은 드미트리가 현관문을 여는 동안 또다시 함빡 젖고 말았다. 여자는 자동차를 마당에 내버려 둔 채 현관 계단참까지 뛰어와 열쇠로 문을 열었다.

  마룻바닥의 카펫 언저리에 빗물이 고여 있었고, 거기에는 벗어 던진 옷가지들이 마치 잃어버린 희망의 피날레처럼 널려 있었다. 침대 겸용 소파. 이제 더 이상 소년이 아닌 남자와 여자의 심장 뛰는 소리. 살아 있는 두 생명체는 힘주어 깍지를 낀 채 하나가 돼 있었다. 이 광경은 훗날 그의 꿈에 자주 나타나고는 했다. 처음 맛보는 묘한 열매처럼 그로서는 모든 것이 첫 경험이었다.

  그들은 결혼도 하지 않고, 혼인 신고도 하지 않은 채 일 년 정도 함께 살았다. 그의 부모는 그냥 참고 지냈다. 부친은 주량이 더 늘었고, 모친은 아들을 만날 때마다 한숨을 내쉬고는 했다. 그녀가 걱정하는 것은 단 하나, 드미트리가 아무런 직업도 없이 어떻게 가족을 먹여 살릴 수 있을까 하는 것이었다. 그는 대학에 진학하지 않고, 건설사의 보조 일꾼으로 일했다. 그는 동네에 떠도는 온갖 종류의 입방아들과 험담을 무시하며 지내야 했다. 예밀리야 역시 처음에는 그런 것들에 무관심한 것처럼 보였지만 내심 괴로워했다. 어느 날 저녁, 그녀는 그의 어깨에 얼굴을 파묻으며 우울하게 말했다.

"난 이사도라 던컨이 아니야. 자유의 나라 미국으로 널 데리고 갈 수가 없어……."

* * *

차는 따끈했고, 은은한 향도 풍겼다. 지하철 안의 여러 광고들 중에서 그가 자주 맞닥뜨리는 광고는, 실론 산들을 배경으로 한, 김이 모락모락 피어오르는 찻잔의 모습이 담겨 있는 현란한 포스터였다. 광고 문구는 이렇게 말하고 있다.

〈자신의 공주를 찾아보세요! '누리 공주', '캔디 공주', '기타 공주', '자바 공주'. 자, 선택해요! 그러면 옛날이야기에 나오는 머나먼 나라의 푸르른 산이 가져다주는, 말로 다 표현할 수 없는 향을 느끼게 될 테니까.〉

드미트리는 차를 다 마시고 나서 거리로 나왔다. 빽빽이 들어찬 석조건물들을 지나, 입을 커다랗게 벌려 한 떼의 사람들을 빨아들이고 있는 지하철 입구로 가서 그 역시 아래로 내려갔다. 그는 어디든 가서 필름 두 통을 더 구해야 했다. 그는 상점이 어디 있는지 알고 있었음에도 어쩐지 방향을 잘못 잡은 것 같았다. 거리와는 또 다른 삶을 보여주고 있는 지하철역 안은 언제나 드미트리의 마음을 사로잡고는 했다. 여기에서는 온갖 것들을 다 판다. 극장표, 잡지, 신문, 꽃, 약품, 칫솔, 담배, 잡동사니, 피임약, 벨트, 지갑, 장난감, 그림, 복권, 서적, 브래지어, 사기그릇, 금반지, 시계, 건전지, 매직펜, 벽지, 달력, 전구, 화장품, 구두약, 사탕, 양귀비 씨가 든 빵 등등. 연결 통로에는 하모니카, 플루트, 색소폰, 기타, 바이올린 등을 연주하고 있는 음악가들이 있는가 하면, 구걸하고 있는 노인들도 있다.

긴 통로를 따라 걷고 있던 드미트리는 기둥 옆에서 우연히 어떤 남자와 부딪쳤다. 학교 졸업증명서, 졸업논문, 근무일지 등등 각종 서류들을 팔고 있는 장사치였다. 대장장이 손처럼 생긴 큼지막한 손에 마치 카드를 할 때처럼 부채꼴로 별난 것들을 펼쳐 들고 있는 그 남자가 물었다.

"뭐, 관심 있는 거라도 있으세요?"

"실례지만, 이건 졸업장들인가요?"

"그렇습죠."

"근데, 이거, 진짜예요?"

"물론이죠, 확실한 것들이에요. 빈칸으로 남겨진 것들도 있고, 필요한 사항이 적혀 있는 것도 있고, 손님들이 원하는 대로 다 있죠. 물론 값에 따라 다르지만요."

"아, 네, 고맙습니다."

이렇게 말하고 발길을 돌리던 드미트리는 몇 걸음 가다 말고 돌아서서 물었다.

"전문대 졸업장도 있나요? 어떤 대학이 있죠?"

"골고루 있죠. 좋은 곳일수록 값은 더 비싸구요. 어디를 원하세요?"

"생각 좀 해 봐야겠어요."

드미트리는 중얼거리듯 이렇게 말하고는 에스컬레이터로 가고 있는 사람들 틈에 끼었다. 하지만 에스컬레이터 바로 근처까지 갔다가 곧바로 되돌아왔다.

"또 뭐요? 결정한 거요?"

"저…… 확실하게 알고 싶어서요. 외국 대학 졸업장도 가능해요?"

"가능하죠."

남자가 마지못해 내뱉었다. 그러자 드미트리가 놀라며 말했다.

"정말요? 프린스턴 대학이나 소르본 대학의 졸업장도 된다는 건가요?"

"그렇다니까."

남자의 목소리가 점점 험악해졌다.

"자, 꺼져버려! 다시 한번 왔단 봐라, 그때는 네 사망증명서를 만들어줄 테니. 알아들었어?"

드미트리는 난처한 듯 얼굴을 찡그리며 말했다.

"뭐, 물론…… 정말 댁을 무시하려 했던 게 아니었어요. 그럼 이만."

그가 지하철역에 온 것이 꼭 필름을 사기 위해서였는지는 확신할 수 없지만, 어쨌든 그는 그렇게 해서 필름을 사지 못했다.

그는 주머니에서 쪽지를 꺼내보았다. 일전에 안톤 두긴이 적어 준 주소였다. 〈스타로코뉴센스 골목. 사진관 '모던 아트'. 대표 L. F. 카르페예바.〉

중년의 카르페예바는 뚱뚱하면서 꽤 멋을 부리는 여자였다. 그녀는 눈에 띄게 현란한 상의에, 뒤꿈치까지 내려오는 길고 검은 스커트를 입고 있었다. 드미트리는 입에 담배를 문 채로 빈둥거리며 서성거리고 있는 그녀를 사무실에서 만났다.

"경비는 이미 채용했는데."

그가 안톤이 보내서 온 사람이라고 말하자 카르페예바

는 퉁명스러운 어조로 말했다.

"안톤도 이미 알고 있을 텐데, 정말 무슨 사람이 그래?"

"저는 사진사예요. 하지만 다른 일도 할 수 있어요, 예를 들어 짐꾼 같은 일도요."

"여긴 슈퍼마켓이 아니에요."

그녀는 담배 연기를 내뿜으며 단호하게 말했다.

"그럼…… 실례했습니다."

드미트리는 이렇게 말하고 자리를 뜨려고 했다.

"사진사라고 했어요?"

여자가 그를 불러 세웠다.

"아니, 그런데, 젠장, 자기 자신을 그렇게 싸구려로 넘기려고 해요?"

"제 생각으로는, 혹시라도 사진사가 필요 없을 경우에는 짐꾼이라도 필요하지 않을까 했었죠."

"어디, 당신이 찍은 사진 좀 보여줘 봐요."

"가져오지 않았는데요."

"그러면서 쓸데없는 일에 시간을 허비하고 다니는 거예요? 한번 가져와 봐요. 그리고 나서 얘기해 보자구요."

"알았습니다. 안녕히 계세요."

"아니, 잠깐만."

여자는 드미트리에게 다가와 그를 유심히 바라보았다.

"조금 있으면 아가씨 두 명이 올 텐데, 지금 사진사를 내보내서 없거든요. 아가씨들 사진을 찍어야 하는데, 할 수 있겠어요?"

"한번 해볼게요. 어떻게 하면 되죠?"

"오디션 같은 건데."

카르페예바가 담배 연기를 내뿜으며 말했다.

"어떤 잡지에 실을 그럴듯한 모델을 찾는 거예요."

얼마 안 있어 아가씨 둘이 왔다. 그들은 전혀 주저함 없이 옷을 모두 벗더니 전라의 몸으로 카메라 렌즈 앞에 섰다. 카르페예바는 아가씨들에게 어떤 포즈를 취할 것인지 일러주고는 했다. 드미트리는 조명을 맞추고 셔터를 눌러댔지만, 그러면서도 어쩐지 자신이 무척이나 지저분한 일을 하고 있다는 생각을 떨쳐버릴 수 없었다. 받침대에 고정되어 있는 사진기는 최고급이었고, 그런 사진기로 작업을 하고 있다는 사실만이 그에게 유일한 즐거움이었다. 그렇게 한 시간 반가량 작업했다.

"일을 제법 잘하는 것 같네요."

여자는 이렇게 드미트리를 칭찬하더니 아가씨들이 있는 쪽을 가리켜 보였다. 아가씨들은 이미 옷을 입고 소파에 앉아 있었다.

"쟤들 어때요? 멍청해 보이지는 않죠?"

"귀엽게 생겼어요."

"지금 당장 누구든 한 명 데려갈 수 있는데. 그럴래요?"

"네, 뭐라구요?"

"참, 워낙 열심히 일하느라 기운이 다 빠졌겠네. 자, 저기 냉장고에 코냑과 비스킷이 좀 있어요."

"?!"

"빨간 머리 애는 어때요? 가슴이 꼭 밀러의 비너스 상 같지 않아요? 걔가 낫겠네. 설마 한꺼번에 둘 다 원하는 건 아니죠?"

"농담도 참."

"농담이라뇨?"

휘둥그레진 카르페예바의 눈에 묘한 빛이 서렸다.

"실례지만, 전 이만 가보겠습니다."

"이봐요, 뭐야, 당신, 일이 필요하다면서요?"

"필요하죠. 하지만 전 짐승이 아니에요. 가보겠습니다."

"잠깐만…… 아니, 돌았군. 제정신이 아니야. 좀 즐기라고 했더니 허겁지겁 달아나다니 말이야. 뭐, 정 그렇다면 꺼져버려! 멍청한 자식!"

***

 드미트리는 세 개의 역 건물이 있는 광장, 좀 더 정확하게 말하자면, 야로슬라프스키 광장으로 돌아왔다. 거기는 가판대와 간이매점, 노점 서적상들이 바글거리고, 음악 소리도 들렸다. 그는 왠지 여기만 오면 마음이 편했다. 여기서 가게 진열장들을 둘러보기도 하고 음악을 듣기도 하면서 피곤한 줄 모르고 어슬렁거리고는 했다. 주변에 있는 노점들을 보면 기분이 황홀해지면서, 잊고 지냈던 영혼의 선율들이 떨려오고는 했으며, 유치한 행동을 하고 싶어지기도 했다.

 그는 상점 쇼윈도 근처에서 발길을 멈췄다. 거기에는 벌거벗은 아가씨들의 모습이 담긴 근사한 잡지들이 걸려 있었다. 그는 평소에는 여기에서 얼쩡거리는 일이 없었다. 얼굴에 여드름이 잔뜩 난 청소년들이나 여자의 벗은 몸에 관심을 가진다고 여기고 있던 그로서는 자신의 나이가 부끄러웠기 때문이다. 하지만 오늘은 그 앞에 믿음직스럽게 생긴 남자들 몇 명의 모습도 보였고, 심지어 꽉 찬 시장바구니를 들고 있는 여자도 있었다. 그래서 양심의 가책이 느껴지기는 했지만, 그는 이런 기회를 이용하여 가슴이 한껏

벌어진 비너스들을 넋 놓고 바라보았다. 촬영 기법이라든가 사진사의 전문성, 그리고 색채 따위에는 조금도 관심이 없었다. 이 사진들은 어떤 예술성도 없는 허접한 것들이었지만, 그 사진들이 보이고 있는 도전적인 노출이 그를 유혹하고 있었다. 이건 단순히 아무것도 걸치지 않은 벌거벗은 여자들 모습이기는 했지만, 그 모습이 사랑스러우면서도 어느 정도 아름답게 보이기까지 했다. 그는 그들의 용감하면서도 당돌한, 또 장난기도 서려 있는 두 눈을 힐끔거리면서 그들이 옷을 입고 있는 모습을 상상해보았다. 그런데 바로 그때 누군가의 목소리가 들려왔다. 충혈된 눈으로 잔뜩 인상을 쓰고 있는 어떤 낯선 남자가 그의 생각을 분탕질하면서 불쾌하게 투덜거렸다.

"이봐, 애송이, 네 골통을 저리 치우지 못해. 안 그러면 무슨 변을 당할지 몰라. 다쳐도 모른다."

그 낯선 사람은 여기 터줏대감 같았다. 보아하니 드미트리가 자기 영역을 침범할까 봐 의심하는 듯했다. 드미트리는 그 남자가 한 말이 무슨 뜻인지 물어보고 싶었지만, 그는 어느새 자리를 뜨고 없었다. 드미트리는 다시 진열장을 들여다보았다. 맘만 먹으면 며칠 동안이라도 내내 그것만 들여다보고 있을 수도 있었다. 가진 돈이 좀 넉넉했더라면 사랑스러운 이 모든 것들을 사서 친구들에게 나눠줬을 것이다. 예를 들어, 그가 마네킹을 부러뜨린 적이 있는 상점의 맘씨 좋은 그 여주인에게 무엇이든 기념으로 선물하거나, 그때의 그 경비원들에게도 역시 선물했을지 모르지.

드미트리는 재킷 주머니에서 전철표를 찾아보았다. 하지만 표는 어디에도 없었고, 그제서야 그는 아직 표를 사지 않았다는 사실을 떠올렸다. 평소 같았으면 표를 먼저 산 후에, 전철을 기다리는 동안 어슬렁거리고는 했는데, 오늘은 어쩐 일인지 그 반대로 행동했던 것이다. 시간표를 보니, 그가 탈 전철은 7분 후에 출발할 예정이었다. 그래서 그는 서둘러 매표소로 향했다. 거기에서 베레모를 쓴 어떤 여자가 그에게 아는 척을 했다. 그녀는 무척 반가워하면서 호들갑스레 말했다.

"어머나! 당신이군요?! 안녕하세요!"

"미안하지만, 사람을 잘못 보신 것 같은데요. 하긴 사람들은 서로 비슷한 구석이 있기 마련이죠."

"어머, 그게 무슨 말이에요!?"

낯선 여자는 강하게 부인했다.

"우리 집에 와서 장작을 팼잖아요! 그렇죠? 기억나요?!"

"아, 네."

그가 웅얼거리듯 말했다.

"이제 알겠네요. 그래, 바로 당신이군요."

"가서 표 사 오세요, 기다리고 있을게요."

그가 표를 사서 돌아서려는데 누군가가 그를 막아섰다. 바로 조금 전에 만났던 남자였다. 드미트리가 쇼윈도에 있는 나체의 여자들을 넋 놓고 보고 있을 때 이상한 말을 해서 그의 기분을 망쳐놓았던 그 남자 말이다.

"이봐, 친구, 잠깐만."

남자는 그의 얼굴에 술 냄새를 풍기며 식식거렸다.

"조금 전에 내가 잘못했어. 너그럽게 이해해 주게나. 왕년에 철학과 학장이었던 나를 제발 좀 살려줘. 목이 타들어 가는 것 같아. 10루블만 적선하게."

드미트리는 그에게 10루블을 주었다. 자칭 학장은 지폐를 꽉 움켜쥐더니 그에게 좀 더 바짝 다가왔다.

"믿지 못하겠지만…… 나도 좋았던 시절이 있었어. 그 뜨거웠던 '프라하의 봄'에 말이야 난 'T-34' 위에 앉아 프라하의 중심부에 있었지. 체코 민중들과 완전히 하나가 된 거야. 그런데 '카리브 공황' 때 카잔스키 역에서 집시 패거리들에게 습격을 당해 몽땅 털렸지 뭔가! 가만있어 봐, 자네한테 뭐가 보답을 해야 하겠는데. 그래, 이 시를 좀 들어보게, 내가 직접 쓴 거라네……."

지저분한 눈덩이가 되어
난 다음 시대로 굴러 들어갈 거요.
20세기에는 필요 없는 존재였지만,
21세기에는 쓸모 있을지 모르잖아?
내 몸은 녹아서 웅덩이를 이루고,
한파가 그 웅덩이에 몰아치겠지.
이 멍청한 한파야,
난 밀주가 아니란다.

"자, 어떤가?"
그가 흥분해서 물었다.
"괜찮군요, 그렇게 나쁘지 않은데요."
드미트리가 좋게 평했다.
"여기에 오면 날 찾을 수 있을 거야. 아침까지 살아남는 노숙자가 그리 흔하지는 않지만 말이네. 그래도 우린 살아남자고!"
그는 면도를 하지 않아 꺼칠한 턱을 문지르면서 억지웃음을 띠며 말했다.

여자는 드미트리를 기다리고 있었다. 그들은 승강장으로 걸음을 재촉했다. 그녀가 관심을 보이며 말했다.

"그 지저분한 남자가 원하는 게 대체 뭐예요? 조심해요, 공연히 얽히지 않게."

"뭐, 별거 아니었어요."

드미트리는 이렇게 말하고는 쓸데없는 말까지 덧붙였다.

"차나 마시자고 했죠."

"차를 마시자구요?! 정말 그랬단 말이에요?! 아니 그 사람이 차를 마시는 그런 부류의 인간처럼 보여요? 그자는 보드카로 살아가는 사람이라구요. 그런 사람들하고는 상종하지 않는 게 좋아요."

"대체로 그런 사람이 악의는 없어요. 좀 이상하게 보이고 지저분한 옷을 입기는 했지만 말이에요. 지저분한 것은 완전히 외형적인……."

"그렇게 말하지 마세요. 당신은 모른다구요."

전철 안에는 사람들이 그다지 많지 않았다. 두 사람은 객차 안의 승강구에 자리를 잡았다.

"지난번 일은 너무 면목 없게 됐어요. 정말 미안해요."

"뭐가요?"

"잘 아시잖아요…… 당신이 그 일로 온 게 아니었다는 걸

나중에서야 깨달았지 뭐예요…… 내가 너무 비상식적으로 굴었어요. 내가 얼마나 부끄러워하고 있는지 아마 모르실 거예요."

"그러실 필요 없어요."

"아뇨, 난 부끄러운 줄 알아야 해요. 그 후에 당신을 찾아봤어요. 전철에서 만날 거라고 생각했죠. 그런데 통 만날 수가 없더라구요. 그래서 오늘은 평소보다 일찍 퇴근했어요. 어쩐지 그래야 할 것 같아서. 그랬더니 바로 이렇게 당신을 만나게 됐잖아요! 내가 어떻게 해야 죗값을 치를 수 있을지 말해 주세요."

"당신 잘못이 아녜요."

"아니에요, 내 잘못이에요. 내가 당신 집에 가서 장작을 패는 건 어때요?!"

드미트리는 참지 못하고 웃음을 터뜨렸다.

"내가 못할 것 같아요?"

여자의 푸르른 두 눈이 반짝였다.

"당신 이름이나 말해 줘요. 그리고 그걸로 계산 끝내자구요. 어때요?"

"어머! 정말 우린 지금까지 서로 이름도 몰랐네요!"

그녀는 그에게 두 손을 내밀었다. 두 달 전만 해도 드미트리가 그토록 폭 빠졌던 바로 그 손을 말이다.

"알리나고 해요."

"전 드미트리예요. 그냥 지마라고 불러도 돼요."

"그런데 당신은 완전한 러시아인이 아닌 것 같아요. 그래요? 미안해요. 별 뜻은 없어요. 제 경우만 해도 여러 가지 피가 섞여 있거든요…… 우리 집안에는 러시아인도 있고, 폴란드인, 우크라이나인도 있어요. 할아버지는 스페인 분이셨구요. 단순 기술자셨죠."

"당신 말이 맞아요. 난 혼혈이에요. 아버지는 러시아인이고 어머니는 고려인이죠."

"어머니 쪽으로는 검은 머리색만 물려받았나 봐요. 나머지는 유럽 사람 같은데."

알리나는 그의 얼굴을 유심히 살펴보았다.

"가족 중에 동양과 서양을 대표할 수 있는 사람이 있으면 참 재미있을 것 같아요. 그렇지 않아요? 다양한 문화, 관습, 언어. 한국말 할 줄 알아요?"

"일상적인 인사 정도만요."

"정말 재밌을 것 같아요. 한국말 어려워요?"

"글쎄요…… 어렸을 때 외할머니께서 가르쳐줬어요. 그분이 돌아가시고 나서는 점차 잊어버렸죠."

드미트리는 잠시 말이 없었다. 그는 외할머니를 머릿속에 떠올려 보았다. 무척이나 절제하면서 살았던 엄격한 그분의 얼굴은 햇볕에 그을려 있었고, 동양적이면서도 묘한 과묵함을 지니고 계시던 분이었다. 그의 모친은 닮기는 했지만 할머니와는 좀 다른 부분이 있었다. 모친은 그와 한국어로 말한 적이 한 번도 없었다. 아마 개인적으로 힘겨웠던 운명 때문이리라. 1937년, 연해주에 있던 한국인들을 정부가 중앙아시아로 이주시켰을 당시 모친은 겨우 열 살이었다. 이런 얘기를 드미트리는 부친에게서 들었다. 모친은 늘 자신의 국적을 감추는 듯했고, 드미트리가 태어났을 때 그가 외형적으로는 그녀를 전혀 닮지 않은 것을 보고는 드러내 놓고 좋아했다고 한다. 그녀는 억압과 공포의 흔적들을 안으로 눌러 담고 살았으며, 자기 아들이 열등감에 시달리는 일이 없기만을 간절히 바라고 있었다.

"부모님과 같이 살아요?"

"아뇨, 다른 도시에 살고 계시죠."

"자주 찾아가요?"

"네."

거짓말이었다. 가끔씩 전화만 드릴 뿐, 찾아가지 않은 지가 꽤 되었다.

"이것저것 물어봐서 미안해요. 그저 당신을 보게 된 게 너무 좋아서요. 난 뭐든 당신을 위해 꼭 해야 하는데. 말 좀 해 봐요, 어떻게 할까요?"

"저랑 차나 한잔 해요."

"얼마든지요. 그런데 언제요?"

"당신 시간 괜찮을 때요."

"오늘 괜찮아요. 어디서 마실까요?"

"우리 집은 어때요?"

"그러죠. 그런데 당신은……."

"난 혼자 살아요."

"잘됐네요. 그렇지 않으면 대개…… 부인들이 이렇게 물어보죠, 〈아니, 여보 대체 누굴 데리고 온 거예요?!〉 그러면 저는 완전 엄청 불편했을 거예요."

* * *

친구인 톨리크의 집은 정거장에서 도보로 5분 거리에 있는 소나무 숲에 있었다. 아주 오래전에 통나무로 지은 이 집은 이제 전체적으로 거뭇거뭇해지기는 했지만, 이웃의 다른 집들처럼 기울어지지도 않은 채 여전히 튼튼하게 서 있다. 그는 주머니에서 열쇠를 꺼내 문을 열었다. 그녀는 무척 흥미 있는 표정으로 방을 둘러보았다. 방 한가운데에는 러시아식 난로가 있었는데, 드미트리는 톨리크가 일러둔 대로 아침저녁으로 두꺼운 장작개비를 네 개씩 때고 있었다. 집안은 훈훈했고, 연기 곶이 위층의 방까지 덥혀주었다. 알리나는 호기심으로 위층에 있는 방까지 보고 오더니, 재킷을 벗고서 음식을 준비하기 시작했다. 여기에는 가스가 없었기 때문에 드미트리는 전자레인지를 사용하고 있었다. 물은 마당에 있는 우물에서 길어왔다. 집에 먹을 것으로는 감자 두 양동이와 식초에 담근 버섯 단지, 그리고 국수 반 바구니가 있었고, 온갖 종류의 잼과 과일청이 든 단지도 지하실에 하나 가득 있었다. 단지를 가지러 지하실에 내려간 드미트리는 그곳에서 병 하나를 발견했다. 거미줄에 뒤덮인 채 오랫동안 방치돼 있던 그 병은 코르크 마개로 단단히 막혀 있었는데, 안에는 삼사백 그램 정도의 밀주가 아직 남아 있었다. 드미트리는 알리나가 어떻게 생각할지 몰라서 병을 제자리에 놓아두었다. 그들은 술이 아닌 차를 마시기로 했던 거니까. 드미트리는 혼자서 술을 마신 적이 한 번도 없었다. 가장 최근에 술을 마신 기억으로는 톨리크가 우크라이나로 떠나기 전날, 그와 함께 '킨즈마라울리'라는 포도주를 두 병 해치운 것이었다. 그 이후로는 술을 마실 기회가 없었다. 그러니 밀주는 아마 앞으로도 백 년은 더 지하실에 온전히 놓여 있을 수도 있을 것이다.

알리나는 감자를 찌고, 국수를 삶았다. 버섯도 꽤 쓸 만했다. 그들은 준비한 음식을 모두 위층으로 가져가서 탁자에 놓고 앉았다.

"이런 곳에서 지내는군요. 집이 좁아도 사는 데는 지장 없죠, 뭐. 자, 한번 먹어 봐요, 지금 만들어본 건데……."

"아주 맛있는데요. 이런 걸 만들 수 있으리라고는 생각지도 못했어요."

드미트리가 찬사를 늘어놓았다.

식사가 한창일 때, 그는 지하실에 있는 밀주에 대해 조심스럽게 입을 열었다.

"아니, 그걸 왜 이제서야 말해요?"

알리나가 환하게 웃으며 말했다.

"그거 빨리 가져와요!"

드미트리는 지하실로 내려가 병을 가져와서는, 행주로 병을 닦고 술잔 두 개와 함께 들고 왔다.

"차보다는 이게 더 좋네요."

여자가 웃으며 말했다.

밀주는 화주 냄새가 전혀 느껴지지 않는, 품질이 좋으면서 독한 술이었다.

"내 생각에 이건 황제들이나 마시는 거 같아요."

알리나는 술맛을 음미하면서 말했다.

"이런 밀주는 러시아에서는 1917년 혁명 이전에나 만들 수 있었을 거예요. 그런데 뭐, 음악 좀 있어요?"

"음악요?"

"네, 녹음기라든가 라디오 같은 거요."

"있어요."

그가 빨랫줄이 이리저리 얽혀 있는 창가에 놓여 있던 오래되고 낡은 '스푸트니크*'를 틀어 주파수를 맞추자 가벼운 선율이 흘러나왔다.

"좀 더 경쾌한 걸로 틀어 봐요."

여자가 미소를 지으며 부탁했다. 뺨이 불그스레해진 그녀는 고개를 들어 그를 쳐다보았다.

"당신이 사진사라는 걸 이제야 알았어요. 한눈에 알아보겠더라구요. 사진기가 달린 삼각 받침대, 벽에 걸린 사진

---

* 오래 전에 출시된 러시아 라디오 제품명 – 옮긴이주

액자들, 그리고 무엇보다도 당신 눈이 사진사 눈이에요."

"아니, 사진사는 다른 사람들하고 눈이 다르게 생겼어요?"

드미트리가 놀라면서 말했다.

"상대방을 탐색하는 듯한, 그리고 빨아들이는 듯한 눈길이죠. 그걸 이제야 알았어요."

그녀는 자리에서 일어나 벽에 걸린 사진들을 둘러보기 시작했다. 그리고는 소파 있는 데까지 오더니 그의 옆에 앉았다.

"여기에서 자요?"

"네."

"어휴, 난 벌써 취기가 오르네요. 당신은 어때요?"

"저도 그런 것 같아요."

"우리 이제 서로 말을 놓아도 되지 않을까요? 어때요, 그래도 되겠어요?"

"편할 대로 해요."

"좋아, 그렇게 하자구. 드미트리, 오늘 밤에 대해 어떻게 생각해?"

"멋진 밤이지. 밖은 춥지만, 여긴 따뜻하고, 난 이렇게 멋진 여자 친구와 차를 마시고 있으니까."

"차는 아니야."

그녀가 살짝 웃으며 지적했다.

"그렇군, 차는 아니군."

"내가 맘에 들어?"

"그럼. 두 달 전 전철에서 봤을 때도 그랬지."

"어느 정도나 맘에 드는데?"

"어느 정돈가 하면…… 내가 하는 말을 당신이 그대로 이해할 수 있을 만큼 앞으로 서로서로를 잘 알게 되기를 바랄 정도로."

"그게 다야?"

알리나는 다소 요염한 시선으로 상대를 바라보았다.

"어쩐지 너무 간단한데. 뭐, 좋아, 됐어. 그런데 당신, 나랑 자고 싶지 않아?"

"잔다고……?"

"그래, 함께 잔다고."

"글쎄…… 그런 건 생각해보지 않았는데. 난 그저……."

"그저 뭐?"

"나한테 중요한 건 인간적인 관계야. 그렇다고 해서 내가 그런 데에 보수적인 사람이라고 생각하지는 마. 만일 함께 자게 된다면, 뭐 괜찮은 일이고, 또 그렇지 않다 해도 그

것 역시 나쁘지 않은 일이고. 난 고리타분한 인간은 아니니까."

"하지만 우린 그렇게 해야 하지 않겠어?"

"상황에 따라 다르겠지…… 자연스럽게 순리에 따르면 되는 거야. 억지로 그런 일을 해서는 안 되는 거지."

"이런 기적적인 저녁은 그렇게 간단하게 끝낼 수 있는 게 아니라구."

알리나는 어쩐지 계속 고집스럽게 말을 이어 나갔다.

"좀 창피한 말이기는 한데…… 당신을 다시 만나게 되면 당신한테 용서를 구함으로써 마음의 부담을 덜 뿐만 아니라, 당신한테 내 몸도 바칠 거라고 내내 생각하고 있었어. 그를 만나면 그에게 모든 것을 주자, 이렇게 단순하게 생각했다구. 그래야 속죄가 될 거라고 여겼으니까."

"아니, 잠깐만."

드미트리는 그녀가 말을 멈추기를 기다려 입을 열었다.

"당신은 자기 자신한테 그다지 공정하지 않은걸. 당신이 무슨 잘못을 했다는 건지…… 그런 사소한 일들은 누구한테나 일어나는 거라구. 당신은 너무 과장하고 있는 거야."

"그럼 당신하고 같이 자지 않아도 된다는 거야?"

"오늘은 아니야. 왜냐하면……."

그는 머릿속에 떠오르는 생각을 애서 눌러 참으면서 말했다.

"다음에 좀 더 괜찮은 기회에 할 수도 있는 일이니까."

"다음 기회는 없을지도 몰라."

알리나가 나지막이 말했다.

"문제는 바로…… 당신이나 내 머리 위로 언제 벽돌이 떨어질지 모른다는 거지. 아니면, 조난을 당한다든지, 혹은 당신이 강도가 쏜 총에 맞을지도 모르고…… 도시에서는 재수 없는 일들 투성이니까. 나는 매일 거리로 나설 때마다, '과연 오늘 내가 집에 돌아갈 수 있을까?'라는 생각을 한다구. 그래서 난 내일 무슨 일이 있을까 따위에 대해서는 깊이 생각하고 싶지도 않아. 그저 오늘을 제대로 살기만 바랄 뿐이지. 내가 지금 횡설수설하고 있는 것 같은데, 당신 좋을 대로 생각해. 그런데, 참, 왜 당신은 나한테 남편이 있냐고 물어보지 않아?"

"당신이 먼저 말하지 않으니까 그랬을 거야."

"뭐, 좋아. 그게 중요한 건 아니니까. 당신한테 여자가 있는지 없는지 중요하지 않은 것처럼 말이야. 그래도 어쨌든 당신한테는 여자가 있을 것 같아. 남자들은 여자 없이 아무것도 못하니까. 혼자 사는 남자들은 무기력하고 약해빠

진 애들하고 똑같더라구. 나 참, 내가 지금 무슨 소릴 지껄이고 있는 거야. 이게 다 그놈의 술 때문이야. 분명해. 술을 마시지만 않았어도 난 지금쯤 물고기처럼 입을 다물고 있든지, 아니면 전혀 다른 어떤 말들을 하고 있었을 텐데. 이를테면 사랑 따위에 대해서 말이야. 난 사랑에 대해 말하는 걸 좋아해. 연애소설 읽는 것도 좋아하고. 나한테 사랑에 대해서 한번 말해볼래? 당신은 나와는 다른 삶을 살았을 것 같아. 첫사랑이 어땠는지 말해 봐. 그게 언제였어? 자, 옆에 앉아서 말 좀 해 봐."

"재미없을 거야. 난 어떤 것을 조리 있게 말하는 재주도 없으니까."

"그냥 떠오르는 대로 말하면 되잖아. 좋아. 그럼 내가 먼저 내 첫사랑에 대해 말할 테니까, 그동안에 생각을 한번 정리해 봐. 그런데 그전에 먼저 나한테 이 사진에 대해서 좀 설명해줄래?"

알리나는 벽으로 다가가 세 개의 사과가 담겨 있는 사진을 가리켰다.

"이건 그냥 세 개의 사과를 찍은 평범한 사진처럼 보여. 얼핏 봤을 때는 뭐 특별할 것이 없어. 그런데 보면 볼수록 좀 더 많은 것이 머릿속에 떠오르거든. 사과들이 어디론가

날아가는데, 당신도 그 사과들하고 함께 사라져 버릴 것 같다는 생각이 들고는 해. 나로서는 이해할 수가 없는데, 당신이 작가니까 바로 그 비밀을 좀 가르쳐 줘."

"이건 내가 찍은 게 아냐."

"그래? 그럼 누가 찍은 건데?"

"내 스승 작품이지."

"그럼 다른 사진들은?"

알리나는 벽을 죽 훑어보며 물었다.

"다른 건 내 작품이고."

"다른 사진들도 다 건강하게 보여. 내 머리로 전부 다 이해되지는 않지만. 가을의 뜰을 찍은 사진도 마음에 들어. 나무들의 특징이 제대로 드러나고, 햇살도 부드럽게 보이고…… 흑백사진인데도 가을의 모든 단계들이 다 나타나 보이거든. 컬러사진은 하나도 안 찍었는데, 이유가 있어?"

"흑백사진 찍는 것을 포기할 수가 없어. 흑백사진에서만 대상의 깊이와 공간을 표현할 수 있으니까."

"아하, 마치 첫사랑 같은 거네. 가슴에 새겨진 것처럼 그렇게 거기에 남겨져 있는 거지. 뭐, 좋아. 내 첫사랑에 대해 말해 주겠다고 약속했지. 후유!"

알리나는 얼굴을 붉히면서 소파에 등을 기대며 한숨을 내쉬었다.

"이게 다 술 때문이야! 그러니까 말이야…… 오래전 일이었지. 내가 열여덟 살이었을 때니까. 난 학교를 졸업하고 기술 전문대에 들어갔어. 난 동갑내기들한테는 별 관심이 없었지. 왜냐하면 아버지 친구인 뱌체슬라프 세르게예비치 막시모프를 사랑하고 있었거든. 막시모프는 나보다 스물세 살이나 연상이었어. 언제나 의젓하고, 활동적이면서도 건장했지. 젊은이처럼 보였으니까. 우울한 모습을 한 번도 보이는 일 없이, 농담도 잘하고, 여러 가지 재미있는 얘기들도 많이 하고는 했지. 하지만 좀 더 솔직히 말해서 내가 그에게 빠져들게 된 요인은 무엇보다도 그가 진실로 낭만적인 사람이라는 점이었어. 나는 남몰래 그를 사랑했고, 아무도 눈치채지 못했지. 난 혼자 괴로워했고, 밤마다 울고는 했어. 하루는 그가 우리 집에 들른 적이 있었지. 아빠에게 무슨 서류를 전해줄 게 있어서 말이야. 그 사람과 아빠는 다양한 연구소들에서 일을 하고 있었어. 아빠는 협의회 일로 다른 도시에 계셨지. 난 막시모프가 곧 가족과 함께 캐나다로 완전 이주하게 될 거라는 사실을 알게 됐어. 우리 두 사람은 커피를 마시고 있었는데, 집에는 우리 말고 아무도 없었어. 남동생은 학교에 가고 없었고, 엄마는 직장에 있었거든. 그를 바라보고 있자니, 이제 다시는 그를 볼 수 없게 될 거라는 생각이 들었지. 그러자 내 안에서 뭔가가 끓어오르면서 난 전혀 예상치 못한 딴 사람으로 변했고, 도저히 나 자신을 어떻게 주체할 수가 없었어. 그래서 난 뱌체슬라프 세르게예비치 막시모프에게 단숨에 고백해버리고 말았어. 그를 향한 나의 남모르는 사랑과 나의 고통에 대해 말이야. 그는 무척 놀라면서 괴로워하더군. 나를 달래기도 하고 농담을 건네기도 하면서, 이 모든 것들이 시간이 흐르면 지나갈 거라고, 난 젊고 예쁘니까 내가 정말 사랑할 수 있는 그런 젊은이를 곧 만나게 될 거라고 말하더군. 그래도 내 마음은 단호했어. 그에게 내 감정을 좀 더 털어놓았지. 우린 이제 다시는 만날 수 없을 거고, 시간이 흐른 뒤에 나도 결혼을 하게 될 거라고, 하지만 그전에 그에게 나의 모든 것을 바치고 싶다고 말했어. 그리고 이렇게 말했어, 〈뱌체슬라프 세르게예비치 막시모프, 이건 내 진심이에요. 당신을 사랑하니까요〉 하고 말이야. 막시모프는 내 말에 너무 놀라서 사내아이처럼 얼굴이 빨개지더니 서둘러 가버렸어. 난 베개에 얼굴을 파묻고서 종일 울었지."

알리나는 드미트리에게 몸을 돌리더니 눈물 젖은 입술로 그에게 매달렸다.

"불 꺼줘."

그녀가 속삭였다.

두 사람은 어둠 속에서 부둥켜안았다. 낡은 가죽소파가 눈치 없이 삐걱댔고, 창밖의 오래된 소나무들만이 두 사람을 엿보고 있었다. 알리나는 가쁘게 숨을 쉬며 괴로워하면서 무슨 말인가를 했다. 그의 머릿속으로 솜털처럼 가벼운 어떤 생각들이 떠오르다가 흔적도 없이 사라져 버렸다. 예밀리야의 사진에서 사과 내음이 느껴지는 것 같았다.

"시간이란 대체 뭘까?"

옆이 푸르스름한 사과가 물었다.

"시간이란 어디서 온 것일까? 도저히 손으로는 잡을 수 없는 거잖아. 처음에는 공기처럼 가볍다가, 점차 이 땅에 살아 있는 수많은 생명체들이 그 시간을 경험하게 되지. 시간도 힘들어서 슬픔과 함께 떠나버리고 마는 걸까?"

"나비들은 날갯짓을 하며 날아가지."

오렌지빛을 띤 다른 사과가 대답했다.

"나비의 날갯짓은 이미 과거에 시작된 거고, 곧 이은 날갯짓 역시 금방 과거가 돼버리기 마련이지. 미물의 비행만이 기억에 남아 있을 뿐이야. 시간도 마찬가지지."

"하지만 기억이라고 하는 것은 희미해지게 마련이야."

붉은빛이 선명한 세 번째 사과가 마침내 입을 열었다.

"사진에는 기억이 남겨지게 되지만 사진 역시 바래지. 우리가 구름 너머로 향하고 있는 이유는 푸른 별이 빛나는 그 천상에 시간이 내려앉아 있기 때문이야. 결코 과거로 떠나지 않고, 우리들에게 자신의 멋진 이야기를 들려주는 그 시간이 말이야."

그러고 나서 정적이 찾아들었다. 그녀는 그에게 안겨 누워 있었고, 두 사람은 떠나가고 있는 시간의 선율을 말없이 듣고 있었다. 그들은 주변에서 일어났던, 그리고 앞으로 일어날 일들을 이해해보려 애쓰고 있음이 분명했다.

"우리 정말 바보 같아."

그녀가 나지막이 말했다. 그녀의 두 눈은 어둠 속에서 평온하면서도 행복한 나른함에 젖어, 푸른 봄 하늘처럼 빛나고 있었다.

"말도 안 되는 소리나 주절대고 있으니 말이야."

그녀는 이렇게 말하며 웃음을 터뜨렸다.

"인생철학을 읊조리고 있잖아. 이걸 먼저 시작한 게 당신이야, 아니면 나야?"

"잘 모르겠는데."

"내가 시작했을 거야. 당신은 그 뒤를 이었을 뿐이고."

"그래, 그런 것 같아."

"좀 창피해."

"뭣 때문에?"

"제대로 처신하지 못한 것 같아서. 나, 음탕하다고 생각하지?"

"절대 그렇지 않아."

"그런데 난 정말 당신을 원하고 있었어."

"그게 뭐 어때서?"

낡은 라디오에서는 알지 못할 나지막한 음악이 마치 먼 곳에서 들려오는 것처럼 흘러나오고 있었다. 어두운 구석에 있는 받침대 위의 카메라 렌즈가 희미하게 반짝이고 있었다. 최근 드미트리는 자기 방에 있는 창문 중에서 마당으로 난 창문을 찍은 적이 있다. 지금 그 사진기가 살아 있는 존재, 그것도 그를 신랄하게 비난하고 있는 예밀리야처럼 보였다.

"당신은 평소에 뭘 하면서 시간을 보내?"

알리나가 물었다.

"텔레비전도, 녹음기도 없이 달랑 라디오 하나만 있으니 말이야."

"책을 읽지. 여기는 책이 많거든."

"하긴, 바깥소식은 라디오를 통해서도 알 수 있으니까."

그녀는 수긍하면서 한숨을 내쉬었다.

"뱌체슬라프 세르게예비치 막시모프는 아마 지금쯤 손주들을 키우고 있겠지…… 내 삶은 온통 빗나가는 것투성이였어. 결혼을 두 번이나 했고…… 이상형의 남자는 없었지. 난 남자를 만날 때마다 막시모프 같은 사람이기를 바랐으니까. 이제는 포기하고 마음을 달래야겠지. 분수를 알아야 하니까······."

그녀는 드미트리의 머리를 쓰다듬으며 손가락 빗질을 했다.

"당신은 왜 머리를 길러? 머리를 기르려면 손이 많이 갈 텐데."

"맞는 말이야, 내일 깎지 뭐."

"참, 일자리는 구했어?"

"아니."

"사진사를 구하는 데가 아무 데도 없어?"

"그런 것 같아."

"당신 스승은 이름이 뭐였어?"

"여자였어."

"그래?"

"이름이 예밀리야였지."

"그럼 벽에 걸려 있는 저 세 개의 사과도 그 여자가 찍은 거야?"

"응."

"지금은 어디에 있는데?"

"먼 곳에. 지금은 다른 나라에 있어."

"지금도 연락은 해?"

"아니."

"왜?"

"그렇게 됐어. 20년 전에 헤어졌거든."

"20년이라. 완전히 한 세대네."

알리나는 아침에 떠났다. 언제 다시 만날지에 대해서는 아무 말도 없는 채로.

* * *

드미트리는 감기에 걸려 심하게 앓았다. 장작을 가지러 얇은 차림으로 창고에 갔다가, 둥지에서 나와 소나무 가지를 따라 뛰어다니는 다람쥐 한 마리를 쳐다보고 있었던 것이 화근이었다. 저녁에 가벼운 오한이 느껴졌다. 지하실에서 발견한 딸기잼을 곁들여 따끈한 차 한 잔을 마시고 나서, 침대에 누워 이불을 머리끝까지 뒤집어썼다. 몽롱한 상태에서 드넓은 들판이 보이고, 빗속의 예밀리야도 보였다. 토끼풀로 뒤덮인 들판을 기어 다니는 그녀의 둥그스름한 무릎도 보였다. 바람에 풀들이 쓰러지고, 낮게 드리워진 하늘 위로 시커먼 구름이 빠르게 지나가고, 번쩍거리며 타오르는 번개가 온 사방을 비추고 있었다.

오래전에 있었던 일들이 스펙트럼처럼 지나갔다. 그가 군대에서 돌아와 보니 집에 예밀리야가 없었다. 사랑스러운 그녀는 마지막 편지를 남겨두고 떠났다. 그녀는 그의 운명을 망치고 싶지 않으며, 그녀가 떠나는 것만이 유일한 해결책일 거라고 편지에 썼다. 그가 사진 공부를 더 하는 것이 좋을 거라는 충고와 함께 자신이 할아버지로부터 물려받은 '보이그랜더' 사진기와 그가 가장 좋아했던 사진인 세 개의 사과가 있는 사진도 기념으로 남겨두고 떠났다. 〈넌 틀림없이 남자다운 남자가 될 거야. 그리고 우리들 사랑의 추억을 위해서라도 나를 찾으려고 하지 마.〉 편지는 이렇게 끝을 맺고 있었다.

처음에는 너무 화가 나서 사진기를 받침대와 함께 강물에 던져버렸다. 그러나 분이 가라앉자 던진 것들을 다시 모두 건져 올리고는, 시간과 공간의 순례자가 된 듯 세상을 떠돌아다니기 시작했다.

드미트리는 열에 시달리는 동안, 자신이 전에 여행했던 곳들을 계속 떠올려보았다. 초원, 황무지, 도시들, 숲, 강, 바다, 그리고 지평선 너머로 끝도 없이 뻗어 있던 철로 등등, 그의 운명이 그를 데리고 갔던 곳들을.

* * *

 드미트리는 곧 회복되었다. 병을 앓을 때마다 쇠약해진 그의 정신은 자신을 둘러싸고 있는 주변의 자연에 훨씬 더 강하게 빠져들고는 했으며, 그래서 그만큼 더 사진기로 손이 가고는 했다. 그는 사진기를 들고 거리로 나섰다. 언젠가 그에게 강렬한 인상을 주었던, 건물이 늘어서 있는 바로 그 거리였다. 물론 지금은 그때와는 전혀 다른 풍경이었다. 그때처럼 하늘에서 눈이 내리고 있지도 않았고, 주변 경치도 환상적인 신비함을 지니고 있지 않았다. 모든 것이 완전 딴판이었다. 심지어, 넓은 길을 가득 메우고 있던 자동차들까지도 전혀 다르게 보였다. 그러나 드미트리는 전혀 실망하지 않았다. 그게 당연하다는 것을 잘 알고 있기 때문이다. 그래도 이 장소를 기념으로 찍어두기로 했다. 받침대를 설치하고, 천으로 된 검은 덮개를 머리에 쓰고서, 렌즈에 눈을 갖다 댔다. 그가 잡은 구도 속에 구급차가 보였다. 구급차는 사이렌을 울리며 골목으로 들어서더니, 흰 가운을 입은 사람들이 차에서 뛰어나왔다. 드미트리는 덮개를 벗고 구급차로 가 보았다. 이내 간호사들이 들것에 실린 어떤 여자를 밖으로 내왔다. 여자는 잿빛 시트로 덮여 있었다. 머리 부분이 완전히 덮이지 않아, 머리채와 이마가 드러나 있었고, 손가락이 긴 새하얀 손은 축 늘어져 있었다. 드미트리는 몸이 얼어붙는 것만 같았다. 바로 알리나 그녀가 아닌가! 드미트리는 서 있을 수가 없어 그만 그 자리에서 쓰러져 버렸고, 이내 누군가의 억센 남자 손이 그를 일으켜 세웠다. 구급차가 도로로 빠져나가 이내 사라지는 것이 눈에 들어왔다.

"아니, 계집애처럼 기절이라도 한 거요?"

어떤 남자가 그의 어깨를 잡고 있었다.

"좀 더 강해져야겠군."

"여자는 살아 있어요?"

드미트리가 물었다.

"정말 살아 있는 거죠?"

"남편이 한바탕 총질을 해댔는데 어떻게 살아 있을 수 있겠어?"

"남편이? 왜요?"

"그걸 어떻게 알아? 집집마다 복잡한 사연들이 있는 건데. 조사해보면 드러나겠지."

드미트리는 도구들을 챙겨 들고 술 취한 사람처럼 비틀거리며 걸었다. 멍하니 거리를 배회하던 그는 전에 만났던 철학자와 마주쳤다. 그리고는 담배와 눅눅한 냄새 가득한 어떤 창고에서 밤을 보냈다.

* * *

정거장, 거리, 숲 등 모든 것이 새하얀 눈으로 덮였다. 눈 위로 나 있는 스키 자국을 따라 두 부녀가 스키를 타고 있었다. 다섯 살짜리 딸아이의 모자 밑으로 땋아 내린 머리가 보였다. 드미트리는 그들에게 길을 내주기 위해 옆으로 비켜섰고, 두 사람은 그를 휙 지나쳐 숲 안쪽으로 들어갔다. 드미트리의 머릿속으로 예밀리야의 딸 라카가 떠올랐다. 유난히 애착이 가던 그 아이는 지금은 다 큰 처녀가 되어 있을 것이다. 그는 오두막으로 가서 난로에 장작을 좀 더 집어넣고는 담배를 피워 물었다. 처음으로 오래도록 쉬어본다. 타오르는 불길을 바라보면서 앉아 있자니, 바깥문을 두드리는 소리가 들렸다.

"이봐요, 주인장!"

누군가 방으로 들어서면서 외쳐댔다.

"알리나?"

그가 외마디 소리를 질렀다.

"당신 맞아?"

"그래, 나야."

망토를 걸치고 털모자를 쓴 그녀는 꾸러미 하나를 들고 있었다.

"무슨 일이야? 어디 아팠어?"

그는 여자를 부둥켜안았다.

"왜 그래, 무슨 일인데?"

놀란 알리나가 물었다.

드미트리는 어제 있었던 일을 이야기했다.

"그 여자 정말 안됐네. 운이 나빴어. 그런데 당신은 어쩌다 거길 가게 된……."

"당신한테 아무 일도 생기지 않아서 얼마나 다행인지 몰라."

드미트리는 그녀를 꽉 끌어안은 채로 새삼 확인했다.

"정말 다행이야……."

"당신한테 전해줄 소식이 있어. 뭔지 알아맞힐 수 있겠어? 자 이 손 좀 놓고, 앉자구."

"음, 뭐 맛있는 거라도 만들어 갖고 온 거야?"

"뭐 이것도 일종의 생산물이라고 할 수 있지. 하지만 좀 다른 거야."

"도저히 모르겠어. 대체 뭔데?"

"좋아, 말해줄게. 당신 사진을 사고 싶어 하는 사람을 찾아냈어."

"뭐? 아니 그게 정말이야?"

"정말이고말고!"

알리나가 환하게 웃었다.

"당신이 좋아할 줄 알았지."

"원, 세상에!"

드미트리는 그녀의 보드라운 두 손을 덥석 잡았다. 꿈속에서 젊은 여자가 사라져 버린 것처럼 그들도 그렇게 떨어져 나갈 것만 같아서 두려웠다.

"대체 뭘 어떻게 한 건데?"

"우리 회사는 기념품 판매 분야의 일로 어떤 독일계 미국인과 거래를 하고 있거든. 그 사람은 이름난 무역회사를 경영하고 있어. 그 사람 사무실에 가 보면 벽에 사진들이 걸려 있거든. 그런데 내가 최근에야 깨달은 건데 그 사진들이 전부 흑백사진들이지 뭐야. 그래서 그 사람한테 당신에 대해서 한번 말해봤지. 관심을 보이더라구. 리처드 그로스는, 아 이게 그 사람 이름이야, 흑백 사진을 대단히 높이 평가하는 사람인 것 같았어. 자기도 전에 사진을 공부한 적이 있었는데 그만뒀대. 그 사람한테 당신이 찍은 사진을 좀 보여줬지. 뭘 그렇게 놀라고 그래? 어제저녁에 당신한테 잠깐 들렸었다구. 문은 열려 있었는데 당신은 집에 없었구. 잠깐 가게에 갔나 보다 생각하고 기다렸는데, 아무리 기다려도 오지 않더라구. 그래서 어딘가 또 헤매고 다니는가 보다 생각했지. 그런데 대체 왜 문을 열어놓고 다니는 거야?"

"깜박 잊었어. 잘 그래. 어떤 날은 가게에 가서 빵을 사고는 계산대에 두고 온 적도 있었어."

"그리고 굶었단 말이야?"

"그랬을 거야."

"그놈의 건망증 때문에 언제 한번 크게 당할 거야. 어쨌든 그래서…… 당신을 기다리다가 벽에 걸려 있는 사진 액자 세 개를 떼어서 그냥 가지고 갔던 거야. 그리고는 오늘 아침에 리처드에게 그걸 보여줬지. 그가 〈좋아요! 이 작가를 만나서 흥정을 하고 싶군요. 그 사람을 제 사무실로 데리고 올 수 있을까요?〉 하고 말하더군. 그래서 내가 그러겠다고 말했지. 그가 〈당신 친구를 데리고 오면서 다른 사진들도 더 가지고 오도록 말해 줘요〉 하고 부탁하더라구. 어때, 나 잘한 거지?"

"잘했고말고!"

"이제 당신 재정 상태가 좀 나아질 거야. 사진들을 너무 헐값에 넘기지만 않는다면 말이야. 당신한테 사진이 지금 얼마나 있어?"

"액자로 만든 게…… 서른 개 정도야. 많이 내다 버렸거든."

"미쳤어! 자기가 애써 작업한 걸 어떻게 그렇게 다룰 수가 있어? 앞으로는 절대 버리지 않겠다고 약속해."

"내 의지와 상관없이 그렇게 된 거야. 어떤 것이든 만족스럽지 못하면 내버리게 되거든."

"하여튼 별나다니까."

여자는 딱하다는 듯이 그를 쳐다보며 한숨을 내쉬었다.

"뭐 먹을 것 좀 준비해줄게."

그녀는 강낭콩과 감자, 당근, 그리고 통조림 고기로 근사한 수프를 만들어주었다. 드미트리는 그런 종류의 음식을 꽤 오랜만에 먹어보는 것이었다. 식사를 마치고 그는 담배를 피웠다.

"당신, 담배도 피워?"

"가끔."

"나도 줘 봐. 재미로 뻐끔담배나 피워 봐야지."

그들은 담배를 피우면서 수다를 떨며 즐거운 기분을 만끽했다.

"그런데 사진은 어디에서 인화해?"

알리나가 물었다.

"이 집 창고에서. 내가 작업실로 꾸며놓았거든."

"한번 보고 싶네."

"가 보지 뭐."

계단 아래에 있는 자그마한 방에는 사진 확대기, 알전구, 냉각기, 작은 칼, 핀셋, 인화지 등등 필요한 모든 도구들이 갖춰져 있었다.

"언젠가는 당신 작업실도 가지게 될 거야. 아주 커다랗고 환한."

"그럴 수만 있으면 좋지."

드미트리는 자그마하고 따스한 그녀의 손을 잡아주었다.

"그러면 조명만 더 준비해서 당신 사진을 찍어야지."

"그러지 뭐. 그런데 당신 말이야, 여자들은 많이 사귀어 봤어?"

"아니, 절대 그런 적 없어."

"당신 사진 보니까 여자 둘이 나체로 찍은 것도 있던데, 뭘. 그 여자들 모델이라는 거 알아. 내 나체 사진도 찍어줄 거야?"

"그러고 싶어?"

"하고 싶은 건 아냐."

"그럼, 관둬."

"그래도 당신은 그렇게 하고 싶은 거 아냐?"

"아니."

"어째서?"

"나체 사진이 아니라, 옷을 입고 등나무 의자에 앉아 있는 당신을 찍을 거야."

"내 몸매가 별로야?"

"그래서는 절대 아냐."

"그럼 찍자."

알리나는 말없이 옷을 모두 벗더니, 의자에 앉아서 고개를 약간 숙이며 긴 머리를 내려뜨렸다.

"알리나, 지금 뭐 하는 거야?"

드미트리가 놀라서 물었다.

"그러다 감기에 걸리면 어쩌려구!"

"괜찮아."

알리나가 진지한 표정을 지으며 말했다.

"자, 시작해!"

"정말 하고 싶어?"

"시간 낭비하지 말고 빨리 해. 이러다 정말 감기 걸리겠다."

그는 사진기를 집어 들었다. 있는 그대로 구도를 잡으면 되었다. 짙은 나무를 배경으로 한 구도 속에서 연약하고 부드러운 여자의 윤곽이 두드러지게 보였다. 둥그스름한 가슴과 배, 허벅지 등은 마치 필사화(筆寫畵)처럼 보였고, 얼굴에는 그늘이 드리워져 있었다. 그는 알리나의 고개를 약간 옆으로 향하게 해서 그녀의 목덜미가 도드라지게 보이도록 하고는 다섯 컷을 찍었다. 잡고 있는 쇠줄이 차갑게 얼었다. 그는 숨을 참으며 엄지손가락에 정신을 집중하고는 경쾌하게 셔터를 눌러댔다. 그럴 때면 그가 눈을 감고 있어도, 사진기 안에서 강철 평판들이 서걱거리며 움직이는 소리가 감지되고는 했다.

일이 끝나고 두 사람은 침대에 누웠다.

"자, 이제 나도 당신 모델이 된 거지?"

그녀가 입을 열었다.

"그 여자들을 사랑할 때는 어떤 방법으로 했는지 말해 봐. 뭐 특별한 방법이 있는 거야? 오늘 밤에는 그 여자들한테 했던 것처럼 나한테도 해 줘."

"당신 말대로라면 내가 완전히 모델들을 첩처럼 거느린 것 같군."

그가 침울하게 말했다.

"한 명이라도 좋으니 말해 봐."

"그걸 어떻게 말해……."

"할 수 있어. 자, 이런 식으로 시작하는 거야…… 내가 감상적인 젊은이였을 때 있었던 일이야. 마당에는 팔월의 뜨거운 햇살이 가득 차 있었지. 난 기차를 타고 낯선 도시에 갔었어. 그리고는 제일 먼저 역에서 가까운 자그마한 카페에 들어갔지. 좀 쉬려고 말이야. 카페 여종업원은 무척이나 상냥하고 붙임성이 좋았지. 그녀는 자기 아줌마 집에서 내가 숙박을 할 수 있게 도와주었고, 시간이 날 때는 도시를 구경시켜주기도 했어. 난 이르마와 그런 식으로 친하게 됐지."

알리나는 불쑥 이렇게 이야기를 끝맺더니 그의 눈을 유심히 바라보았다.

"뭘 그렇게 놀란 눈으로 쳐다 봐? 지난번에 당신 입으로 직접 말해 주고는 바로 이 대목에서 이야기를 멈췄으면서. 생각 안 나?"

"정말 내가 그렇게 말했단 말야?"

"당연하지. 그 후로 어떻게 됐는지 말해 줘. 이르마는 어떤 여자였어?"

"그녀와의 사이에서 소설 같은 얘기는 없었어. 그녀는 나한테 한 인간으로서 맘에 들었던 거니까. 이르마는 영문학 번역가가 되고 싶어 했지. 난 그녀 사진을 찍어준 거고. 물론 일이 갑작스럽게 그렇게 된 건 아니고…….."

하지만 아래층에서 시끌시끌한 소리가 들려오는 바람에 드미트리의 이야기는 중단되었다. 구두 소리와 함께 남녀가 커다랗게 떠드는 목소리가 위층으로 올라오고 있었다. 모피코트를 입은 여자가 방으로 들어서고, 스웨터를 입은 뚱뚱한 남자가 손에 열쇠고리를 든 채 따라 들어왔다. 놀라운 것은, 침대에 누워있는 드미트리와 알리나를 보고도 그 낯선 손님들은 아무렇지도 않은 표정이라는 것이었다.

"무슨 일이죠?"

드미트리는 바지를 입으면서 물었다.

"톨릭은 어디 갔어요?"

외투를 입고 있는 여자가 다짜고짜 물었다. 작고 둥근 얼굴에 립스틱 바른 입술이 두드러지게 보였다. 잿빛 시선은 냉담해 보였다.

"톨리크 리트비노프를 말하는 거요?"

"그래요, 그 사람. 지금 어딨어요?"

"떠났는데요."

"그 사람이 당신한테 이 집을 판 거예요?"

낯선 여자가 당황한 빛을 보였다.

"그게…… 그런데 대체 당신은 누구죠?"

"그래요, 팔아넘겼어요."

알리나가 불쑥 끼어들었다. 그녀는 이불을 턱까지 끌어당기며 반쯤 일어나 앉았다.

"대체 남의 집에 들어와서 뻔뻔하게 이게 무슨 짓이에요? 일단 부엌으로 내려가서 거기서 물어보든지 말든지 해요."

열쇠를 들고 있던 남자는 머뭇거리다 말없이 밑으로 내려갔다. 같이 온 여자는 태연하게 방을 둘러보더니 문 쪽으로 몸을 돌렸다.

"아폴론!"

그녀는 아래로 내려가면서 자기 남자친구를 소리쳐 불렀다.

"이 집 지하실에 가서 잼 통을 가져와요!"

"그놈의 잼을 뭐 하려고?"

남자는 퉁명스럽게 내뱉으며 문을 쾅 닫고는 밖으로 나가버렸다. 드미트리는 윗도리를 입고 마당으로 나가 보았다. 불청객들은 흰색 자동차에 올라타 있었다. 드미트리는 문을 걸어 잠그고 나서 난로에 장작을 집어 던졌다. 알리나는 화가 나서 어쩔 줄 몰라 했다.

"뭐야, 간 거야?"

"응, 톨릭의 전처인 것 같아."

"뭐 저런 철면피 같은 인간들이 다 있어!"

"정말 웃기는 사람들이야. 미안하다는 소리도 안 하고 가네."

"대체 어디서 굴러먹던 것들이야?"

"진정해."

"어떻게 진정할 수가 있어? 사람이 누워서 쉬고 있는데, 슬그머니 들어와서는 훔쳐보기나 하고."

"당신 어깨를 유심히 보던걸. 그 여자 어깨는 당신만큼 그렇게 예쁘지 않을 거야."

"멍청한 것들!"

"향이 근사한 '기타 공주' 차를 끓여줄게."

"당신은 대체 왜 문을 잠그지 않는 거야? 아편쟁이 강도라도 들어왔으면 어쩔 뻔했냐고? 아니면 정신병자라든가? 당신은 사람들이 쳐들어와도 그자들이 아무 짓도 못 할 거라고 생각하는 모양인데, 난 그런 당신이 정말 놀라워. 짐승보다 더 무서운 게 사람이라고, 자기한테 필요한 걸 얻기

사과가 있는 풍경

위해서는 동료를 죽이는 것도 아무렇지 않게 여기니까. 어제 그걸 직접 목격했으면서."

앉아 있는 알리나에게서 이불이 미끄러져 내려 가슴이 드러나 보였다.

"빌어먹을, 이런 말도 안 되는 일들이 언제 끝이 날 것 같아?"

그녀는 계속 손짓을 해가며 말을 이었다.

"저 높은 곳에서 신이 내려다보고 자비라도 베풀 것 같아? 신은 딱하고 보잘것없는 인간들을 절대 돕지 않는다고."

"차를 마시면 좀 괜찮아질 거야."

"차 따위는 필요 없어! 술이나 한잔 따라줘!"

그들은 술을 좀 들이켰다. 알리나의 뺨은 차츰 발갛게 변해갔고, 눈빛은 마치 푸른 베일에라도 덮인 것처럼 보였다.

"당신은 철이 덜 들었어."

그녀가 말했다.

"거리로 내몰린 지가 언젠데 아직도 제대로 일어날 줄을 모른단 말이야."

***

그는 지하철을 타고 바리카드나야 역으로 갔다. 잡상인들이 즐비한 그 거리에서 알리나와 만나기로 약속했다. 알리나의 말에 의하면 리처드 그로스의 사무실은 여기에서 멀지 않은 포바르스카야 거리에 있었다.

"어이, 교수!"

드미트리가 가판대에서 신문을 사고 있을 때 바로 옆에서 누군가가 그를 큰소리로 불렀다. 두 다리가 없는 어떤 사내가 휠체어에 앉아 그를 쳐다보고 있었다.

"저 말인가요?"

드미트리가 물었다.

"당신 말고 여기 또 누가 있어?"

"하지만 저는 교수가 아닌데요."

드미트리는 그에게 다가가며 말했다.

"신문을 산다는 건 교수라는 뜻이지 뭐야."

사내는 화난 듯이 말했다.

"대체 뭣 하러 그따위 종이 나부랭이를 사는 데 돈을 낭비하는 거지? 정치 아니면 맨몸뚱이 여편네 등등 맨날 똑같은 말만 지껄여대고 있는 그런 종이를 말야. 차라리 나한테 빵을 적선하는 것이 훨씬 낫지."

드미트리는 그에게 잔돈푼을 좀 주었다.

"이러면 또 모를까."

사내는 고개를 끄덕이며 돈을 안주머니에 집어넣었다. 그의 목덜미는 바람에 그대로 노출되어 있었고, 낡은 군용 재킷은 추위를 막는 데 별 도움이 될 것 같아 보이지 않았다. 지하철에서 방금 내린 사람들이 그의 휠체어 옆을 지나가고 있었다.

"이보게, 지식인 양반!"

베레모를 쓰고 지나가는 남자에게 그가 소리쳤다.

"자네 콧수염이 떨어졌다구! 듣고 있어?"

"이봐, 선장, 어딜 그리 급히 가시나?"

그는 이번에는 스프링코트를 입은 다른 남자를 집적거렸다.

"멀리 항해할 준비라도 한 거야? 자네 여물통 같은 고물 배는 바닥이 다 해져서 아마 가라앉아버릴 텐데!"

코트를 입은 남자가 되돌아와 그의 휠체어 가까이로 왔다.

"확 쓰러뜨려버릴까 보다."

남자가 퉁명스럽게 내뱉었다.

"난 수도 없이 쓰러져 봐서 이제는 이골이 났다고. 그렇게 성질내지 마. 내 심기가 지금 더럽거든. 나한테 돈이라도 좀 준다면 모를까…… 어이구, 고맙군! 자네가 준 돈은 내가 안 쓰고 고이 간직하도록 하지. 구멍을 뚫어서 부적처럼 목에 걸고 다녀야겠는걸. 만수무강하게나. 내 말에 신경 쓰지 말고 말이야. 별 뜻 없이 지껄인 거니까."

남자는 얼굴을 약간 찡그리며 제 갈 길을 갔다.

"이것 봐요."

드미트리가 휠체어의 사내를 향해 입을 열었다.

"그렇게까지 할 필요가 없잖아요…… 사람들한테 겁만 줄 뿐이라구요."

"까짓것, 상관없어."

사내는 손을 내저었다.

"이러나저러나 나쁘기는 매한가지니까. 느려터진 사람들한테 자극을 좀 주는 거지."

그때 알리나가 다가왔다.

"안녕!"

그녀는 드미트리의 팔짱을 끼면서 말했다. 두 사람은 '우슈베이카'라고 하는 체코 식당을 지나 사도보이쿠드린스카야 거리를 향해 걸음을 옮겼다.

"일이 잘될 거야. 리처드와 정각 5시에 만나기로 했어.

그런데 이그나트 저 인간이 당신한테 좀 뜯어낸 것 같은데, 돈이라도 달라고 그래?"

"저 사람 이름이 이그나트야?"

"여기서 아주 유명한 인간이지. 얼마나 못된 인간인데. 사람들한테 시비나 걸고. 그런데도 사람들은 적선을 해 주더라고. 전에 날 뭐라고 불렀는지 알아? 밤안개 마담이라나 뭐라나. 상상이 돼? 지금도 기억이 나는데…… 〈오, 밤안개 마담이여! 당신의 매력적인 걸음을 멈춰보십시오. 순진한 시골 아가씨가 자신의 왕자를 어떻게 찾았는지 당신께 들려드리지요.〉 나 참, 나더러 그런 말을 듣고 있으라고?"

"내 생각에는 재밌을 거 같은데."

"난 평소에 그 인간이 있는 쪽은 피해 다녔는데, 가끔 깜박 잊어서 딱 맞닥뜨릴 때도 있어. 그럴 때면 그 인간의 독설을 들을 각오를 단단히 해야 하지. 지난달에도 그런 장면을 한번 목격한 적이 있었는데, 어떤 아가씨가 지나가다 그 휠체어에 부딪혀서 무릎을 다쳤더라구. 그랬더니 이그나트 그 인간이 다짜고짜 퍼부어대는 거야. 〈이봐 아가씨, 잘 보고 다녀야지! 그렇게 넋 빠져서 다니면 사기나 당한다구. 한 번뿐인 삶인데 속임수를 당하면 쓰나.〉 글쎄 그 여자한테 이렇게 말하는 거야. 그런데 당신은 왜 저런 인간 사진은 안 찍어? 흥미 있는 타입 아냐?"

"그렇겠는걸."

"내가 리처드한테는 당신이 이름난 사진작가라고 말했어."

"유명하다고?"

"왜, 어때서? 만일 당신이 앞으로도 주욱 친구 집에서 감자만 먹으면서 살아갈 생각이라면 그렇게 말할 필요가 없겠지."

그들은 곧 목적지에 도착했다. 알리나가 철문을 밀고 들어갔다. 사업가인 리처드 그로스는 자신의 서재에서 그들을 맞이했다. 얼굴에 웃음을 띠고 있는, 그리 크지 않은 키에 마르고, 나이는 서른다섯인 그는 진한 자줏빛 머리를 뒤로 빗어 올리고 있었다.

"안녕하세요! 만나 뵙게 돼서 반갑군요."

리처드는 유럽식 억양이 살짝 벤 어조로 말했다.

"알리나 안드레예브나 양으로부터 말씀은 많이 들었습니다."

그들은 형식적인 인사치레를 간단하게 마치자마자 본론으로 들어갔다. 꾸러미에서 꺼내진 사진들이 소파와 바닥에 펼쳐졌다. 드미트리는 사진을 딱 열 장만 가져왔다. 리처드는 짙은 자줏빛 눈을 반짝이며 사진들을 유심히 훑어보았다. 그는 손님들에게 의자를 권하며, 비서에게 커피를 내오라고 지시했다.

"훌륭한 대가라는 것을 한눈에 알겠군요."

그가 흡족한 표정으로 말했다.

"존경하는 드미트리 씨, 가지고 오신 사진들을 제가 모두 구입할까 합니다. 값은 얼마를 원하시는지요?"

"솔직히 말씀드려서, 저는 지금까지 제 사진들을 팔아본 적이 없습니다."

"아니 그게 정말이세요? 그럼 어떻게 살아가세요?"

"여러 잡지사에 사진을 싣고 있죠."

"음……."

리처드는 잠시 생각하더니 말했다.

"사진 한 장당 이백 달러를 지불하면 어떻겠습니까?"

드미트리는 상대를 멍하니 바라보았다.

"물론 당신 작품이 그보다 더 값지다는 것은 저도 알고 있습니다. 그런데 제가 요즘 재정적인 어려움을 좀 겪고 있거든요. 만일 당신이 더 좋은 값을 지불할 수 있는 다른 구매자를 만나게 되신다면 제가 양보해드리죠."

"아니에요, 좋아요."

알리나가 끼어들었다.

"오케이!"

리처드는 흡족한 듯 미소를 지었다.

"러시아에서 벌써 몇 명의 예술가들을 만나보았는데, 무척 독창적이면서도 소박한 분들이었죠. 앞으로 제가 당신에게 좀 더 도움이 될 수 있다면 좋겠습니다."

"고맙습니다."

"당신이 가지고 계신 카탈로그 중의 하나를 선물로 주실 수 있겠습니까?"

"그건 안 될 것 같네요. 여러 곳을 돌아다니며 생활하는 바람에 모두 잃어버렸거든요. 있는 것이라고는 다른 작가들과 공동 작업한 모음집이구요."

"그래요? 무척 유감이네요. 당신과 같은 수준의 예술가들한테는 확실한 앨범을 갖고 있는 게 필요하죠. 제자들은 있어요?"

"아뇨."

"왜죠?"

"그건…… 제 자신이 아직 배우는 입장이니까요."

"너무 겸손하시군요. 드미트리 씨, 혹시 비밀이 아니라면, 앞으로 앨범을 만드신다면 거기에 사진을 몇 장이나 넣으실 생각인지 말씀해 주실 수 있겠습니까?"

"백 장 정도요."

"모두 엇비슷한 가치를 지닐 거라고 생각하시나요?"

"물론 그렇지는 않겠죠. 하지만 제게는 모두 소중해요. 제 이십 년 작업의 결과물이니까요. 성공적으로 찍었다고 생각되는 작품들이 훨씬 더 많았습니다. 전 그것들을 엄격하게 선별해서, 최고가 아니라고 여겨지는 것들은 모두 버렸죠. 하지만 그렇게 해 온 바람에 몇 년 후 저한테 남겨진 사진들은 삼분의 일로 줄었어요."

"왜요?"

"시간이 흐를수록 더 엄격하게 됐거든요."

"예술가로서는 시간이 흐를수록 더 이익이 아닌가요?"

"늘 그런 것은 아니죠. 또 가끔은 괜찮은 것을 버리는 적도 있어요."

"제가 제대로 이해한 거라면……."

리처드 그로스는 짓궂은 시선으로 드미트리를 바라보았다.

"이십 년 후 당신한테 단 한 장의 사진만 남을 수도 있겠군요? 그렇죠?"

"그럴 겁니다."

"그렇다면 어떤 사진이 남을까요?"

리처드는 캐묻듯이 말했다.

"당신이 갖고 계신 사진 중에서 말입니다. 이십 년 세월이 흘렀다고 가정하자구요. 그럼 어떤 사진이 남아 있을까요? 솔직하게 말씀해 주세요."

"세 개의 사과가 있는 사진이죠."

"세 개의 사과라구요? 정물 사진인가요?"

"네."

"야, 정말 끝내주시는군요!"

리처드가 말하며 웃음을 터뜨렸다.

"그래서 저한테는 안 가져오신 거군요. 대단하십니다! 하긴 아마 저였어도 그렇게 했을 겁니다. 예술가들은 저마다 자신의 소중한 작품에 대한 나름대로의 평가 기준이 있기 마련이죠. 드미트리 씨, 우리 거래합시다. 원하신다면, 일종의 시간 거래죠. 당신의 그 정물 사진을 제가 사겠습니다. 비록 전 그 작품을 보지는 않았지만 제가 그걸 천 달러에 사겠습니다. 재정적으로 어렵기는 하지만, 당신네 나라 러시아에서 흔히들 말하듯이 허리띠를 바짝 졸라맬 각오는 되어 있습니다. 어때요?"

방안에 침묵이 감돌았다. 알리나는 눈이 휘둥그레진 채 드미트리와 리처드를 번갈아 쳐다보았다.

"구미가 당기는 제안이죠?"

리처드는 이렇게 말하며 의자에 등을 기댔다.

"아니요, 저는 그 사진은 팔지 않겠습니다."

"천 달러에도 그 사진을 팔지 않겠다는 겁니까? 이유가 뭐죠?"

"그 작품은 제 스승 거예요."

"잠깐, 잠깐만요!"

리처드는 이렇게 소리치고는 상기된 표정으로 잠시 방안을 서성거렸다.

"정말이지 러시아인들의 사고방식은 수수께끼 같아요! 드미트리 씨, 당신은 지금 그 작품이 당신 스승의 작품이 아니라 자기 것이라고 말만 하면 고스란히 당신 수중으로 거머쥘 수 있는 거액을 바로 코앞에 두고 있다구요. 저야 그 사진이 누구 것이든 별 상관없으니까 어쨌든지 간에 그걸 손에 넣기만 하면 되거든요. 그런데 당신은 그렇게 하지 않네요. 정말 당황스럽군요. 그래요, 그래…… 당신네 나라에 오래 살면 살수록 놀랄 일이 더 많아져요. 동서양으로 넘나들고 있는 무자비한 실용주의도 러시아의 타이가 지역에서는 완전히 옴짝달싹 못하게 되죠."

수화기를 집어 든 리처드는 영어로 누군가와 이야기를 했다. 이내 비서가 샴페인과 과일 접시를 서재로 가져왔다. 키가 훤칠하게 크고 안경을 쓴 남자가 따라 들어와서는 자신의 상관에게 봉투를 건네주고 나갔다. 리처드는 손수 샴페인을 따서 잔에 따라주었다.

"신비함을 위해 건배하고 싶었어요. 자연의 신비함, 창조의 신비함, 그리고 인간 영혼의 신비함을 위해서."

잔을 비우고 나서 리처드는 드미트리에게 봉투를 내밀었다.

"여기 사진값이 들어 있습니다. 그리고 거기에 천 달러가 더 들어 있죠. 이루어지지 못한 거래, 제가 손에 넣지 못한, 사과가 있는 사진에 대한 것입니다. 이건 당신께 드리는 제 선물입니다."

어리둥절해진 드미트리는 할 말을 잃었다.

"자, 받아요."

알리나가 미소를 지으며 말했다.

"이건 당신의 영혼 덕분이에요."

드미트리는 봉투를 받아 멍하니 그것을 쳐다보았다. 봉투 속 지폐에 적힌 액면가가 어렴풋이 보였다.

"이건 뭔가 잘못된 걸 거예요."

그가 중얼거렸다.

"지금까지 제 삶은 너무나 평범하게 흘러왔어요. 특별히 낭만적인 점은 하나도 없이 말이에요. 리처드 박사, 당신께 감사드립니다. 하지만 저는 이런 축제를 맞을 준비가 되어 있지 않아요. 그러니 제가 받을 금액만 가져가겠습니다."

"오, 아니에요!"

리처드가 다소 상기된 표정으로 반박했다.

"그러지 마세요. 그러면 저한테 너무 심하게 구시는 거라구요. 자, 이쯤에서 얘기 끝난 것으로 합시다."

* * *

그들이 거리로 나섰을 때는 이미 가로등이 온통 환하게 밝혀져 있었다.

"지금 우리 갈 데가 있어."

드미트리는 알리나를 지하철역으로 데리고 가면서 말했다.

"어디?"

"〈프라하〉 식당."

"정말? 하지만 내 차림새로는 안 돼!"

"그러니까 먼저 백화점부터 가야지."

"무슨 꿍꿍이야?"

"오늘은 내가 하자는 대로만 해."

그는 지하철역에 오자 걸음을 멈추고 주위를 두리번거렸다.

"뭘 찾아?"

"이그나트. 그런데 벌써 가 버렸나 보네."

그 순간 그는 카페 옆 책 가판대 뒤쪽에 있는 휠체어를 발견했다. 이그나트는 휠체어 팔걸이에 기대어 핫도그를 먹고 있었다. 그에게 다가간 드미트리는 네 겹으로 접힌 백 달러짜리 지폐를 그의 손에 쥐어 주었다. 아래쪽으로 내려오고 있는데 이내 그의 등 뒤로 놀란 목소리가 들려왔다.

"이봐, 친구! 이거 진짜야?"

"미쳤어. 뭐 하러 저런 인간한테 그렇게 큰돈을 줘?"

알리나가 드미트리를 힐난했다.

"저 사람도 이제 자그마한 축제를 누릴 수 있게 됐잖아."

"정말 아무도 못 말려."

그녀는 한숨을 내쉬었다.

볼쇼이 극장 근처에 있는 백화점은 새로운 패션으로 잔뜩 꾸며져 있었고, 어찌나 깨끗한지 눈이 부실 정도였다. 드미트리는 전에도 여기 온 적이 있었는데, 그때는 주눅이 들어 계단을 오르락내리락하다가 그냥 나갔다. 하지만 지금은 훨씬 당당해짐을 느꼈다. 알리나가 아니었다면 어떻게 그가 한순간에 부자가 될 수 있었겠는가? 그는 여성복 매장이 있는 위층으로 곧장 그녀를 데리고 갔다. 그리고는 상냥한 판매원에게 백만장자와도 같은 무척이나 점잖은 어조로 부탁을 했다.

"이 여자분에게 맞는 야회복을 하나 추천해 주시겠습니까?"

"어머나! 저희 매장은 선택의 폭이 굉장히 넓답니다!"

그녀는 이렇게 말하더니 당장 알리나를 옆으로 데리고 갔다. 그들은 이것저것 계속 권했고, 알리나는 탈의실에서 그것들을 입어보다 이내 필요한 옷을 찾아냈다. 가슴께가 단아하게 살짝 들어간, 검은색 긴 옷이었다. 알리나는 전보다 훨씬 더 사랑스러우면서도 신비해 보였다. 완전히 딴 사람이 된 것 같았다. 옷을 사고 나서 그는 그녀에게 금목걸이를 사줬다.

"이제 됐어!"

드미트리가 이번에는 그녀를 신발 매장으로 데리고 가려 하자 그녀가 단호히 거절했다.

"부츠 신고는 식당에 못 들어간다구. 그러니까 구두를 사야 해."

"정말이야? 정말 못 들어가? 확실해?"

"그렇다니까. 거긴 청바지를 입어도 못 들어가는 곳이야."

알리나는 굽 낮고 반들거리는 검은 구두를 샀다. 그러자 이번에는 그녀가 드미트리를 챙겨주기 시작했다. 백화점을 나온 그는 한마디로 완전 신사가 되어 있었다. 푸른 와이셔츠에 정장 차림, 넥타이, 겨울 구두, 두툼한 겨울 외투, 그리고 머리에는 가죽 모자를 써서 멋을 냈다. 흐뭇한 시선으로 그를 바라보던 알리나는 살짝 웃으며 말했다.

"이제는 당신한테 장작 패라고 시키는 사람 아무도 없을 거야."

"어째서? 난 육체노동을 좋아하는데."

드미트리가 투덜대듯 말했다.

거리에는 함박눈이 쏟아지고 있었다. 그들은 택시를 잡아타고, 미르 가에 있는 식당 〈프라하〉로 갔다. 가다가 낯익은 장소에 이르자 드미트리는 잠시 차를 세워달라고 부탁했다.

"만나볼 사람이 있어서 그래. 잠깐이면 돼."

드미트리는 꽃집으로 가서 커다란 장미꽃다발을 사들고는, 운동복을 입은 마네킹이 계단참에 세워져 있는 옷가게로 들어갔다. 경비들은 드미트리를 알아보지 못하고 그를 정중하게 맞아들였다.

"이 꽃을 저한테 주신다고요?"

주인인 안나 알렉세예브나는 놀라서 눈이 휘둥그레진 채 예기치 않은 손님으로부터 장미를 받아들었다.

"그런데 실례지만 누구시죠?"

"사진사 리-마로프입니다. 일주일 전에 제가 당신 가게의 마네킹을 부러뜨렸죠. 제가 손해를 끼쳐드린 것에 대해 배상을 해드리려고 왔습니다."

"손해라구요?"

놀라움에 차 있던 여자의 표정이 바뀌더니 웃음을 터뜨렸다.

"아하, 바로 당신이군요?"

이렇게 말하면서 그녀는 웃음을 멈추지 못했다.

"그러고 보니 정말 당신 맞네요! 아니, 어떻게 된 거예요?"

"복권에 당첨이 됐거든요."

"어머나, 잘됐네요."

"이거 백 달러 받으세요."

드미트리는 그녀에게 돈을 내밀었다.

"관둬요. 이 꽃만 받을게요. 그리고 계산 끝난 걸로 해요."

"음, 그럼 제가 언제 사진을 찍어드리죠."

"정말요? 그건 사양하지 않을게요. 난 예술을 좋아하죠! 커피 좀 드시겠어요?"

"고맙지만 다음에 마실게요. 기다리는 사람이 있어서요. 행운을 빕니다!"

"당신도요."

식당에서는 목에 나비넥타이를 한 종업원들이 깍듯하게 그들의 시중을 들어주었다.

드미트리와 알리나는 포도주를 마시고 진기한 음식을 먹으며 유쾌하게 이야기를 나누었다. 그리고는 함께 블루스를 추기도 했다.

"있잖아."

알리나가 그의 귀에 대고 소곤거렸다.

"내일 밤 당신한테 멋진 선물을 할게. 어때?"

"좋지. 그런데 왜 오늘 밤이 아니지?"

"오늘은 딸한테 가야 해. 친정 부모님 댁에 있는데, 오늘 가기로 약속했거든."

"흠, 약속은 지켜야지."

"그러니 내일 갈게. 둘이서 집에 있는 술을 다 마셔버리자구."

"무슨 말이야, 내가 좋은 포도주를 사다 놓을게."

그는 혼자 집으로 돌아왔다. 밤늦은 시간임에도 불구하고 전철에는 사람들이 많았다. 대도시에서 길고 긴 노동 시간을 마친 사람들이 장바구니나 서류 가방, 신문, 책 등을 들고서, 이런저런 좋고 나쁜 소식들을 안고서 자신들의 보금자리로 돌아가고 있었다. 평소 같았으면 자질구레한 물건들을 파는 잡상인들이 끊임없이 전철 안을 돌아다녔을 시간이었다. 그들은 실, 바늘, 단추, 슬리퍼, 고기 다지는 칼, 그릇, 전기스탠드, 건전지, 본드, 신발 깔창, 아동도서, 바퀴벌레 잡는 덫, 사탕, 약초 등등 온갖 것들을 다 팔고 다녔다. 악기를 연주하는 사람들과 노래하는 사람들도 다녔다. 그러나 지금은 그들이 없다. 면도도 하지 않은 키 큰 어떤 남자만 눈에 띄었다. 모자도 쓰지 않고, 다 해진 윗도리를 입은 그 남자는 천장으로 손을 뻗치면서 객차가 떠나가라 소리를 질러대고 있었다.

"존경하는 신사 숙녀 여러분! 경애하는 시민 여러분! 저는 신년 벽두에 우리 힘겨운 러시아의 여성들을 찬미하고자 합니다! 아, 여성들이여! 그대들의 연약한 어깨에 새로운 시련의 무게가 다시금 얹어지는구나! 하지만 나는 아노니, 그대들은 과거의 괴로운 시간들을 견뎌냈던 것처럼 이 모든 것들을 견디어낼지니! 그대들은 온몸을 쭉 펴고, 아름다움이 철철 넘쳐흐르는 위대하고 근사한 존재가 되리니! 여성들이여, 그대의 눈물을 닦아주며 러시아는 부활할 것이다. 러시아는 동이 틀 것이다! 여성들이여, 조국은 그대들에게 보답하기 위해, 그대의 발치에 엎드려 이 세상의 모든 꽃들을 바칠 것이로다!"

그 남자는 예기치 않은 장광설을 이렇게 끝맺고는 천천히 다음 칸으로 넘어갔다. 전철이 곧 타라소보크에 도착하자 드미트리는 승강장으로 나왔다. 그의 손에는 전에 입던 옷가지들이 들려 있었다. 그는 발밑에서 뽀드득거리는 눈에 대해 생각하고 있었다. 바로 얼마 전까지만 해도 온통 주위가 녹음으로 반짝였던 여름이었던 것 같은데, 어느새 서리 내리고 청명한 겨울이라니. 정말이지 모든 아름다움이란 찰나적인 것이다. 하지만 겨울 역시 그리 오래가지 않을 것이다. 저렇게 눈이 쌓여 있으니 말이다. 눈은 지금은 보랏빛이 감돌지만, 낮에는 햇살을 받아 순백으로 반짝인다. 하지만 어두운 밤이 찾아오면 눈은 그 순간 푸르게 푸르게 변해간다. 그러다 아침 무렵이 되면 다시금 장밋빛으로 변한다.

평소에는 가로등이 밝혀져 있던 눈앞의 교차로가 지금은 어둡고 텅 비어 있었는데, 나무들과 눈더미 주위에서 갑자기 사람들의 형체가 불쑥 나타났다. 땅딸막한 네 명의 사람들은 불시착한 외계인 같지는 않았다. 일부러 불쑥 나타난 것이 분명한 그들이 드미트리를 향해 다가왔다.

"겁낼 것 없어, 역으로 가는 사람들일 거야."

드미트리는 스스로에게 이렇게 말했지만 그의 생각은 빗나갔다. 그들은 그의 머리를 내려치고는 다리를 쳐서 넘어뜨리더니, 오른쪽 어깨뼈를 더 내려치고는 사정없이 발길질을 해댔다. 그들을 올려다보았지만, 어두워서 아무것도 알아볼 수 없었다. 그의 눈에 들어온 것은 시간이 멈춰버린 우주였다. 그 우주에는 아래를 내려다보고, 어두운 밤에 한 사람을 죽도록 패고 있는 네 명을 지켜보는 이가 아무도 없었다.

"인간의 삶이란 단순한 거야."

누군가가 위에서 말했다.

"그런데 의미가 뭐냐구? 아무런 의미도 없어. 인간이라고 하는 존재의 의미는 자신과 비슷한 낯짝을 때리는 것뿐이지."

그러고 나서 정적이 찾아들었다. 너무나 조용해서 드미트리가 놀랄 정도였다. 그는 몸을 일으켜보았다. 그리고는 눈 위에 핏방울을 남겨가며 절뚝거리면서 집으로 갔다. 집에 도착한 그는 불을 켜고 옷을 벗었다. 외투, 양복, 셔츠 할 것 없이 온통 피투성이였다. 얻어터진 얼굴을 한 그의 분신이 거울에서 그를 바라보고 있었다. 그는 대충 씻고서 솜으로 코를 틀어막았다. 그리고는 난로 곁에 있던 나무 의자에 누웠다. 지금은 굳이 위층으로 올라갈 하등의 이유도 없었다. 모든 것을 이 자리에서 해결해야만 했다. 감자 박스 옆에 밧줄 한 다발이 놓여 있는 것을 그는 알고 있다. 그는 밧줄을 들보에 걸어두고는 올가미를 만들었다. 잠시나마 기력을 모아야 했지만 그럴 힘이 하나도 없었다. 그의 눈 속으로 아스라한 밤이 찾아들었다. 탁자 위에서는 촛불이 타오르고 있었다. 여자가 그것을 불어서 꺼버렸다.

"이제 우리는 에덴의 봄동산으로 편안히 갈 수 있게 되었어."

그녀가 속삭였다.

"이제 나무에서 금단의 열매를 모조리 딸 수 있게 됐다구."

"아직도 그 정원에 못 들어간 거야?"

"그건 중요하지 않아. 중요한 건, 신비한 걸 대하듯 준비하면서, 네가 원하는 걸 진심으로 느끼는 거야. 바로 오늘 그 순간이 찾아온 거야. 난 아무것도 입지 않았고 너 역시 마찬가지야. 우린 서로에게 모든 걸 드러내 보이고 있는 거라구. 두려워할 건 아무것도 없어. 모든 의혹을 벗어던지고 희망의 정원으로 들어가는 거야."

"찬성이야."

"내가 느껴져?"

"응, 느껴져."

"그런데 난 당신을……."

***

그는 아침 무렵에야 눈을 떴다. 코피는 더 이상 흐르지 않았다. 말라서 굳어 있는 머리의 상처를 만져보았다. 묵

직한 것으로 얻어맞은 것 같았다. 그는 차갑게 식어버린 차를 컵에 따라, 입술을 겨우 움직여가며 천천히 마셨다. 구석에 놓여 있는 밧줄 더미로 다시금 눈길이 갔다. 바지 주머니를 뒤져보았다. 지갑이 없었다. 셔츠 안주머니를 만져보니 거기에 둔 돈은 그대로 있었다. 그는 세상을 끝없이 떠돌았던 시절의 예전 습관대로, 사진값으로 받았던 돈을 백화점에서 반으로 나누어, 반은 지갑 속에, 나머지 반은 셔츠 주머니에 넣어두었던 것이다. 그렇다면 몽땅 잃어버린 것은 아니지 않은가! 그는 약을 사서 조금이나마 치료를 해야 했다. 하지만 알리나의 도움 없이는 위층에도 올라갈 수가 없었다.

'꼴좋게 됐군, 신년 벽두에.'

그때 뛰다시피 서두르는 발걸음 소리가 밖에서 들리더니 문이 세차게 열렸다. 한기와 더불어 여자가 방으로 뛰어들어왔다. 눈에는 놀라움이 가득했다. 그녀가 보드라운 손을 내밀었다. 그가 초가을 어느 날, 객차에서 눈여겨보았던 바로 그 손을.

"당신이 올 줄 알았어."

드미트리는 애써 웃으며 말했다.

"난 괜찮아. 괜찮다구."

해바라기

1

 좁은 마당과 벤치, 그네, 백양나무, 그리고 자작나무 두 그루. 이반이 날마다 지켜보는 풍경이다. 그는 나뭇잎이 바람에 떨어지고, 나무와 벤치와 그네 등이 비에 젖는 것을 바라보고는 했다. 커다란 갈색 눈은 안개로 뒤덮인 것처럼 멍하니 초점이 없었다. 놀고 있는 꼬마들을 봤을 때만 잠시 눈빛이 반짝 빛날 뿐이다. 그는 한때 세계여행을 꿈꾸기도 했지만, 지금은 그가 남은 평생을 보내게 될, 벽으로 둘러싸인 이 원룸이 세상의 전부가 됐다.
 1996년 겨울, 그로즈니에서 발생한 지뢰 폭발로 이반은 열여덟 살 나이에 장애인이 됐다. 포탄 파편으로 으스러진 그의 다리를 외과 의사가 일부 모아 보기는 했지만, 젊은

병사는 더 이상 걷지 못하게 됐다.

그는 어느 자선단체에서 준 휠체어를 타고, 자신이 다녔던 고아 기숙학교가 있는 볼로그다라는 작은 도시로 가서 장애인 시설을 물색해보기로 했다. 하지만 뜻밖에 외삼촌이 찾아와 그를 모스크바로 데려가서는, 조용한 지역에 있는 낡은 5층 건물의 원룸에서 지내게 했다. 참나무로 만든 튼튼한 침대와 식탁, 안락의자가 있고, 벽에는 흰 국화 무늬의 연초록 벽지가 발라져 있었다. 부엌에 있는 식탁 다리와 가스레인지는 낮게 조정돼 있었고, 네모난 욕조는 휠체어에서 바로 내려갈 수 있게끔 나지막했다. 로만 외삼촌이 미리 모든 것을 신경 써준 것이다.

외삼촌은 이반이 한 번도 본 적 없는 부모에 대해 "짐승 같은 것들이야! 모르는 게 더 나아!"라고 말하고는 했다. 가족도 있던 그는 아내에 대해서는 "변덕스런 속물 여편네야!"라고 말했고, 자식들에 대해서는 "애물단지들이지! 내 피를 쥐어짤 궁리들만 하는!"이라고 말했다.

이반의 귀향 환영회는 둘이서 치렀다. 외삼촌은 혼자서 보드카 한 병을 거의 다 마셨고, 이반은 주스를 마셨다. 이반은 평소 술을 마시지 않을뿐더러, 부상당한 다리의 혈액순환을 위해 약을 복용하고 있기 때문이었다.

"넌 그냥 운이 나빴을 뿐이야."

술기운으로 벌게진 삼촌이 말했다.

"막막하긴 하지만 절망할 것 없다. 다 살기 마련이야. 정신만 잘 차리면 돼. 뭔가 벌이가 될 만한 일을 찾아야겠지? 어떻게 생각하니? 넌 뭐가 되고 싶냐?"

이반은 하늘에 떠가는 구름 한 조각을 쳐다보듯 살짝 찡그린 표정으로 삼촌을 바라보았다.

"흠, 왜 말이 없어? 내 잘못이라는 거야? 아니야? 넌 부모 복도 없고 친척 복도 없구나…… 내가 뭘 할 수 있겠냐? 내 인생도 만만치 않았지. 그냥 다람쥐 쳇바퀴 돌 듯 살아가는 거야. 지금 내가 뭔가 일을 시작했다 해도, 사업이라고 하는 게 오늘 왕창 벌었다가도 내일은 쪽박 차게 되기도 하거든. 그야말로 내가 남도 아닌데, 네가 고아 기숙학교에서 어떻게 자라고 있는지 죽 지켜보면서 신경 쓰고 있었지. 물론 네 숙모 모르게. 그 여편네는 내가 너한테 이 집을 사준 것도 몰라. 혹시라도 알게 되면 나라에서 준 거라고 말해라. 그렇게 풀 죽어 있지 말고. 이게 끝이 아니잖아. 다 잘 될 거야."

이반은 외삼촌을 원망하지 않았다. 그는 내내 자신이 천애 고아라고 생각했는데 친척을 찾게 된 거니까. 고아 기숙학교에 있을 때 매번 기념일마다 누군가로부터 선물과 따뜻한 옷을 받고는 했는데, 이제 보니 그걸 보낸 건 외삼촌이었다.

이반에게는 전화기가 없다. 전화할 사람도 없으니 필요하지도 않다. 물론 사촌들과 얘기를 나눌 수 있다면 재밌을지도 모른다는 생각은 든다. 아마 다들 아버지인 로만 삼촌을 닮았겠지. 아직 건장해 보이는 삼촌은 젊었을 때는 훤칠한 키에 강직해 보이는 얼굴과 진한 자두색 눈빛을 지닌 까만 곱슬머리 청년이었을 것이다. 어쩌면 사촌들이 외숙모를 닮았을지도 모르지.

최근 들어 삼촌이 들르는 날이 점점 뜸해졌다. 어느 날 찾아온 삼촌은 평소보다 좀 오래 머물렀는데, 오랫동안 외국 출장을 갈 거라고 말했다.

"일주일 정도 여유가 있는데, 필요한 거 있으면 말해라."

이반에게는 필요한 것이 없었다. 그는 지난번에 삼촌이 가져온 TV를 물끄러미 봤다.

"이거 팔아도 돼요?"

"네 거니까 하고 싶은 대로 해. 그런데 왜 팔려구?"

"보지도 않아요. 전쟁 얘기, 사람 죽이는 얘기나 잔뜩 늘어놓더라구요. 팔아서 용접공 부르는 데 쓰려구요."

"용접공? 뭐 하려구?"

삼촌이 놀란 표정으로 물었다.

"체육관에 있는 것처럼 천장에 링을 매달려구요. 그렇게 하면 이동할 때 좀 더 편할 것 같아요. 휠체어도 덜 닳을 것 같구요."

"음……."

"설계도도 그렸어요."

이반은 공책에 그린 도면을 삼촌에게 보여줬다. 삼촌은 유심히 들여다보더니 종이를 주머니에 넣고 돌아갔다. 다음날 삼촌은 일꾼들 몇 명을 데려왔다. 그들은 방 전체 벽과 천장에 좁은 관들로 띠처럼 골조를 만들더니, 도넛처럼 생긴 쇠고리들을 봉에다 걸었다. 이반은 나뭇가지에 매달린 원숭이처럼 그것들을 잡고서 방에서 이동했다.

"정글북에 나오는 모글리 같구나!"

삼촌은 우울한 어조로 말하고는 돌아갔다.

그런 지 이 년이 됐는데 삼촌으로부터는 아직 아무런 소식도 없다. TV는 여전히 받침대에 일없이 놓여 있다.

이반은 진기한 신년 화환처럼 방 전체에 달려 있는 고리들에 익숙해졌다. 침대 위에도 달려 있어서, 아침에 일어나 그걸 잡고 몇 번 움직이면 화장실이나 욕실에 갈 수 있었다. 몇 번 더 움직이면 벌써 부엌이었고, 그럼 그는 한 손으로는 난간을 잡고 다른 손으로는 가스불을 붙여 찻주전자를 올렸다. 이반은 어깨가 넓어지고, 손과 가슴 근육은 단단해졌으며, 마치 원래 그랬던 것처럼 하나도 아프지 않았다. 다리만 아플 뿐이어서, 그는 붉게 흉터 진 상처 부위를 계속 주물렀다.

창 너머 마당에 잔뜩 쌓인 낙엽들을 비가 적시더니, 이후 눈으로 뒤덮였다. 모래밭과 그네 뒤에 있는 맞은편 건물 옆에는 항상 멋들어진 흰색 승용차가 주차되어 있었다. 밝은 머리를 풀어헤친 훤칠한 아가씨가 차에서 내려 입구로 사라지다, 잠시 후 다시 밖으로 나와 운전석에 앉아 떠나버리기도 했다. 이반은 마당에 있는 다른 모든 것들에 무관심한 것과 마찬가지로 그 여자에게도 전혀 주의를 기울이지 않았다. 세상은 세상대로 돌아가고, 이반은 이반대로 살아갈 뿐, 그는 이제 자신과 아무 상관없는 세상을 단지 응시할 뿐이다. 그렇게 된 이후로 그는 봄, 여름, 가을, 겨울의 변화와 낯선 광경을 창 너머로 지켜보는 것이 팔자려니 했다.

눈송이가 마치 꿈속에서 천천히 날리듯 송이송이 떨어졌다. 이반은 또 다른 세상으로부터 떨어지는 눈을 지켜보고 있었다. 멀리 떨어진 이 세상에도 늘씬한 아가씨가 타고 있는 멋들어진 흰색 승용차가 나타났다 사라지더니, 동화처럼 다시금 나타났다.

이반은 공책을 펴서 연필로 끄적거리기 시작했다.

그는 푸르른 들판 끝에 있는 해바라기 세 송이를 상상해 보았다.

아빠해바라기, 엄마해바라기, 아들해바라기, 이렇게 해바라기 가족이 나지막한 선율을 따라 가볍게 흔들렸다. 그들의 금빛 머리채가 바람에 흩날리고…… 꼬마 렘은 엄마 품에서 코를 골며 자고 있다. 그러다 잠시 후 깨어나서는 신나게 종알거린다.

"엄마, 구름 좀 봐! 너무 멋져! 나도 구름처럼 날고 싶어!"

"넌 날 수 없어. 그래도, 넌 나한테 그 어떤 것보다 최고란다. 넌 작은 태양이야."

"그래도 날고 싶어!"

꼬마는 계속 우겼다.

"하게 내버려 둬 봐요, 그까짓 거."

아빠해바라기가 끼어들었다.

"얼마나 높은데요! 떨어진다구요!"

엄마해바라기가 기겁했다.

"안 떨어질 테니 한번 해보게 해요."

엄마해바라기가 꼬마를 공중으로 던지자, 아이는 정말 하늘로 떠가듯 간다.

"정말 멋져!"

꼬마 렘은 신이 나서 들판 위를 떠다닌다.

"들판만 보지 말고, 좀 더 멀리 가서 세상을 보렴."

아빠해바라기가 충고한다.

"부디 조심하고, 다시 돌아와야 해!"

엄마해바라기가 걱정스럽게 말한다.

"알았어!"

멀리서 아들 목소리만 들려온다.

2

 공책을 새로 사야 했던 이반은 가는 김에 식품도 좀 사기로 했다. 잠바를 입고 모자를 쓰고서, 휠체어를 타고 밖으로 나와 열쇠로 문을 잠갔다. 정문으로 내려가는 계단 세 개는 조카가 편하게 지나다닐 수 있도록 로만 외삼촌이 시멘트로 편평하게 발라놓았다. 하지만 거리에 있는 식료품 가게들은 계단이 높아서 들어갈 수 없기 때문에, 그는 휠체어를 위한 발판이 있는 자그마한 슈퍼마켓에 가기 위해 두 구역을 더 가고는 했다. 거기에서는 여러 가지 식품과 생활용품들을 팔았다. 검소하게 살고 있는 그는 고기 대신 명태 같은 생선을 샀고, 가끔 청어나 고등어를 사기도 했다. 감자, 메밀을 삶아 먹기도 하고, 아침으로는 〈헤라클레스〉

를 사서 귀리죽을 끓여 먹기도 했다.

 아스팔트에 얇게 덮인 눈을 누르며 휠체어는 앞으로 나아갔다. 그다지 힘들지 않았다. 날이 좀 풀리면 다니기도 나쁘지 않을 테고, 그럼 도시를 익히기 좋을 테니 붉은 광장에도 가 봐야겠다는 생각이 들었다. 모스크바에 온 지 벌써 삼 년이나 됐는데도 자기 집 앞마당밖에 보지 못했다.

 슈퍼마켓까지 얼마 남지 않은 곳에서 삼십 대로 보이는 가죽 잠바 차림의 낯선 세 남자가 길을 가로막았다. 멀지 않은 곳에 까만 〈볼가〉 자동차가 서 있었다.

"어이, 어디 가는 길이신가?"

 그들 중 한 명이 눈알을 굴리며 이반을 훑어보면서 말을 걸어왔다.

"왜요?"

"좀 더 공손하게 굴어 봐. 묻는 말에 대답을 해야지."

 두 번째 사내가 말했다.

"난 모르는 사람하고는 말하지 않아요."

"아하, 그럼 통성명을 해야겠군. 너, 이름이 뭐야?"

"됐어, 그만들 해. 이봐, 자네는 체첸에서 그렇게 된 건가?"

 첫 번째 사내가 동료들을 나무라며 이반에게 물었다.

"그렇다고 칩시다."

"메달도 갖고 있어?"

"그렇다고 칩시다."

"이 친구, 왜 이렇게 퉁명스럽게 구는 거야."

두 번째 사내가 말했다.

"잘 들어 봐. 우리랑 같이 일해보지 않겠어? 개런티도 짭짤하고, 연금도 많아질 거야. 자네가 할 일은 없어. 우리가 직접 자네를 데려오고 데려다주고 할 거니까. 자네는 휠체어에 앉아 있기만 하면 돼. 휠체어에 앉아 있기, 그게 바로 자네가 할 일이야."

첫 번째 사내가 말했다.

"싫어요. 안 할래요."

이반이 고개를 내저었다.

"이런 고집불통! 야, 됐어. 낯짝 보면 알겠다."

세 번째 사내가 비아냥거렸다.

"그냥 가도록 내버려 두라고? 곤죽을 만들고, 휠체어를 뺏어버리면 당장 시키는 대로 하게 될걸!"

두 번째 사내가 내뱉듯 말했다.

"어디 해보시지!"

이반이 말했다. 그가 보기에 이 낯선 자들은 정말 자신을 넘어뜨리고 발길질을 해댈 것 같았다. 길에는 인적이 없었고, 설령 누군가 있다 해도 누가 도우려고나 할까?

"어쭈, 이 자식 봐라!"

두 번째 사내가 놀라며, 이반의 코를 잡으려고 손을 내밀었다. 그 순간 이반은 그의 손이 으스러져라 힘껏 움켜잡았다. 사내는 아파서 신음소리를 냈고, 다음 순간 이반이 자기 몸을 앞으로 힘껏 내밀며 머리로 사내의 가슴을 들이받는 바람에 둘 다 땅바닥에 쓰러졌다. 이반은 옆으로 몸을 굴려 그의 가슴에 발길질을 하려던 다른 사내의 다리를 잡아 비틀었다. 사내가 짐승 같은 소리를 내면서 옆으로 쓰러졌다. 순간 이반은 머리를 맞고서 눈앞이 캄캄해지면서, 무슨 비명 같은 소리와 발소리를 들었다.

소음이 사라지고, 사내들이 차를 타고 가버리는 것이 보였다.

"망할 녀석들! 이 재수 없는 인간들아!"

모르는 할머니가 사내들을 향해 욕설을 퍼부었다.

"애야, 저놈들한테 심하게 맞았니? 응? 많이 아파? 응급차를 부를까?"

"아니요, 괜찮아요."

이반이 머리를 만지며 말하고는, 발을 움직거려 휠체어

로 다가가 뒤통수와 귀를 갖다 댔다.

"휠체어만 좀 굴려주세요."

이반은 이렇게 부탁하고 나서, 아픈 걸 꾹 참고 무릎으로 아스팔트를 딛고는, 휠체어 팔걸이를 잡고 일어나며 재빨리 몸을 돌려 앉았다.

"이게 대체 무슨 일이야, 무슨 일!"

할머니가 이반의 잠바에 묻은 눈을 털어주며 중얼거렸다.

"애야, 어떠니? 갈 수 있겠어?"

"네, 갈게요. 고맙습니다."

할머니는 이반의 뒷모습을 한참 바라보더니, 머리를 절레절레 흔들고 갈 길을 갔다.

3

집으로 돌아온 이반은 식료품을 탁자에 놓고 잠바를 벗었다. 왼쪽 팔꿈치가 빨갛게 긁혔고, 귓불에서는 살짝 피가 났다. 그는 상처 부위에 요오드를 바르고 창가로 갔다. 마당은 눈으로 완전히 뒤덮였고, 그네와 벤치에도 눈이 수북이 쌓였으며, 나뭇가지와 낙엽들, 그리고 맞은편 건물 옆에

주차된 흰색 차량 위에도 하얀 눈송이들 천지였다. 차 안에서 누군가 담배를 피우고 있었다. 그 아가씨였다. 그녀는 이내 차 밖으로 나오더니 차량 윈도 브러시를 손봤다. 아늑해 보이는 차 안에서는 음악이 흘러나왔다. 그녀는 늘씬한 몸에 딱 붙는 빨간 스웨터 차림이었는데, 그로 인해 화사한 머리카락이 도드라져 보였다. 여자는 운전석에 올라타 문을 세게 닫고는 가버렸다.

이반은 조금 전 길에서 모르는 사람들과 싸웠을 때 지나갔던 할머니 생각이 났다. 그 할머니가 없었으면 그들에게 맞아 죽었을지도 모르지만, 부질없이 사느니 그게 더 나았을지 모른다는 생각도 든다. 흰색 승용차 주인인 그 아가씨는 동화를 좋아할까? 그럴 리 없지. 동화는 어른들에게 필요 없으니까.

이반은 새로 산 공책을 펼쳤다.

꼬마해바라기 렘은 여전히 세상을 날아다니고 있다. 그는 이제 아프리카 어느 마을 가까이 가고 있다. 흑인 아이들이 뛰어다니는 갈색 대지 위에서 자그마한 초가지붕들이 노랗게 빛난다.

"야, 너! 저리 날아가 버려, 가라구!"

꼬맹이 하나가 올려보며 소리쳤다.

"지금 가뭄이란 말야. 태양이 들판을 잔인하게 말라죽게 하고 있는데 너까지 빛을 보태고 있잖아!"

"정말 힘든가 보구나! 가뭄이라…… 이건 오랫동안 비가 오지 않아서 그런 건데…… 내가 도와줄게. 기다려 봐!"

꼬마해바라기가 어디론가 사라졌다가 이내 한 무리의 구름을 이끌고 하늘에 나타났다. 구름이 천둥소리를 내더니 대지에 비를 뿌렸다. 마을 사람들은 기뻐서 어쩔 줄 몰라 하며 거리로 뛰어나왔다. 아까 그 꼬맹이가 사람들 함성을 뚫고 외쳤다.

"재가 그랬어요! 저 해바라기가요! 재가 비를 가져왔어요!"

하지만 사람들은 아이의 말을 듣지 못했다. 렘도 이미 멀리 날아갔기 때문에 그 역시 못 들었고, 축제의 북소리가 들릴 뿐이다. 자, 이제 어디로 가지? 어디로 가는지는 중요하지 않다. 대지는 드넓고, 어디든 흥미로우니.

이반은 마당에서 놀고 있는 아이들에게 이 동화를 말해주는 것도 나쁘지 않겠다는 생각이 들었다. 대지 위를 날아다니는 해바라기 이야기를 인형극처럼 공연을 해서 보여주면 더 좋을 거야! 뭘 해야 하지? 이 휠체어에 극장을 만들지 못할 이유도 없겠지?

이반은 휠체어를 들여다보고 나서 종이에 그리기 시작했다. 삼십 분 후에 도면이 준비됐다. 높이가 배에서 정수리까지나 그보다 약간 더 높은 배경판을 만들어서 물감으로 칠하고, 그걸 가슴과 얼굴 바로 앞쪽에다 놓는다. 거기에 기둥을 달아서 양쪽 바퀴가 있는 쪽에 붙잡아 매고, 무늬가 없는 회색 톤의 가느다란 띠를 무릎에 고정시켜 놓는다. 그렇게 하면 띠와 배경판 사이의 공간이 바로 무대가 되는 거다. 인형을 조종할 공간은 충분하다. 이제 다 됐고, 가장 중요한 것은 인형이다. 이반은 인형을 만들어본 적은 없지만, 고아 기숙학교에 있을 때 신년 벽보에 물감으로 그림을 그린 적은 있다. 언젠가 문학 선생의 실물이 아닌 사진을 보고 초상화를 그린 적도 있는데, 다들 닮았다고 말했다.

4

이번 겨울은 이반에게는 눈 깜짝할 사이에 지나갔다. 그는 인형극장을 만드는 데에 전념했다. 가장자리를 따라 시트 조각으로 장식하고 바늘로 꼼꼼하게 꿰맸고, 하늘은 푸른색으로 칠했다. 해바라기 인형들을 만드는 데에 시간을 제일 많이 잡아먹었지만, 3월 말쯤에 마침내 그가 원하는 해바라기 가족을 만드는 데에 성공했다. 엄마해바라기와 꼬마해바라기는 손에 끼고, 역할이 별로 없는 아빠해바라기는 한쪽에 고정시켜 놓았다. 타는 듯한 금빛 꽃잎 머리와 영리해 보이는 두 눈 등, 꼬마해바라기 렘이 가장 성공적으로 만들어졌다. 아무래도 주인공이니까. 이반은 아프리카 꼬맹이도 만들었고, 상자로 초가집을 만들어 마을도 꾸몄다. 꼬마해바라기가 나중에는 북극 지역에도 가기 때문에 아기 곰과 얼음덩이도 만들었다. 푸른 들판과 아프리카 마을, 그리고 북극, 이렇게 세 장면이 공연될 것이다. 이반은 욕실 거울을 벽에 걸어 놓고 연습해보았다. 휠체어에 앉아서 인형들을 움직이며 대사를 말하고, 단춧구멍만하게 뚫어 놓은 곳을 통해 거울에 비치는 자신의 움직임을 유심히 보았다.

5

 따스한 4월 어느 날, 이반은 마당으로 나갔다. 대여섯 살쯤 돼 보이는 여자아이 세 명과 남자아이 둘이 마당에서 놀고 있었다. 좀 더 나이 들어 보이는 여자아이가 책을 든 채 그네에 앉아 있었고, 마른 노파 한 명은 햇볕을 쪼이고 있었다.
 "얘들아, 연극 보지 않을래?"
 이반이 아이들을 향해 소리쳤다.
 "보고 싶으면 할머니 옆에 있는 의자에 자리 잡고 앉아 봐! 나 긴장하니까 떠들지는 말고!"
 마지막 문장은 무대 준비를 하면서 혼잣말처럼 했다. 그는 휠체어 뒷주머니에서 무대장치와 인형들을 꺼냈다. 아이들이 관심을 보이며 벤치 근처로 모여들기 시작했다. 그네를 타고 있던 여자아이도 다가왔다.
 모든 준비가 끝났다.
 이반은 배경판 구멍으로 내다봤다. 아이들은 휠체어에서 상연되는 이 묘한 즉흥 공연을 호기심 가득한 시선으로 지켜봤다.
 "자, 존경하는 관객 여러분, 그럼, 공연을 시작하겠습니다!"

이반이 목소리 높여 공연을 시작했다.

"큰열쇠마을에 있는 푸른 들판에 해바라기가 피어 있었어요. 아빠해바라기……."

이반은 무대 우측에 특별 제작해 만든 고리에 아빠해바라기를 걸었다.

"엄마해바라기와 아들해바라기 렘."

이반은 손에 인형을 끼고 무대에서 움직여 보였다.

"해바라기 가족은 조용히 평화롭게 살고 있었어요. 그러던 어느 날 들판 위로 구름이 흘러가고 있었답니다."

이반은 꼬마해바라기 인형에서 손을 빼, 박스로 만들어 가느다란 철사에 매단 흰 구름을 배경판 위에 걸었다. 그리고는 다시 렘 역할을 했다.

"엄마, 아빠, 보세요, 구름이에요! 정말 멋져요! 구름은 뭐든 다 볼 수 있겠죠? 나도 구름처럼 날 수 있으면 좋겠는데……."

해바라기 이야기는 이내 끝나고, 꼬마해바라기는 아프리카 마을을 날다가, 북극으로 날아갔다. 그리고는 공연이 모두 끝났다.

"자, 얘들아, 끝났어! 인형극장은 내일 이 시간에 다시 올 거란다."

이반이 아이들에게 말했다.

그제야 아이들은 정신을 차리고 손뼉을 쳤다.

"내일 정말 올 거예요?"

여기저기서 묻는 소리가 들려왔다.

"온다고 말했으면 오는 거지. 물론 비가 내리지 않는다면 말이야."

이반은 장비를 챙겨 집으로 갔다. 꼬마 둘이 그를 뒤따라오자 이반은 입구에서 그 아이들에게 엄하게 말했다.

"여러분! 더 이상은 금지구역입니다! 가서 볼일들 보시지요. 이럴 때 영국 귀족들은 이렇게 말한답니다, 바이바이!"

이반은 집에 들어와 따뜻한 물로 샤워를 했다. 공연을 하는 동안 흘린 땀으로 셔츠가 흠뻑 젖은 것이다. 이반은 흐뭇했다. 아이들이 그의 공연에 만족했으니, 그럼, 됐지 않은가! 표정들을 보면 안다. 할머니도 좋아하는 눈치다. 다른 주인공들이 등장하는 새로운 부분을 생각해내기만 하면 된다. 매번 같은 것을 보여주면 재미없을 테니까.

이반은 건초더미라는 새 인형을 준비했다. 꼬마해바라기가 바로 그 건초더미에서 밤을 지내게 되는데, 그때 건초더미가 꼬마해바라기에게 재미있는 얘기를 들려준 다음에 자장가를 불러준다는 설정이었다.

6

 다음날 정각 열두 시에 이반은 벌써 마당에 와 있었다. 마당에 열두 명 이상이나 애들이 모여 있는 것을 아파트 창문으로 이미 내다봤던 것이다.
 "존경하는 관객 여러분! 이제 새로운 주인공들이 무대에 등장할 겁니다! 그런데 여러분 가운데 상당수가 어제 계시지 않았던 분들이네요. 그렇기 때문에 우리 배우들은 제일 첫 부분부터 공연을 하겠습니다."
 이반은 관객을 향해 인형극 배우처럼 일부러 극장톤으로 우렁차게 인사말을 했다.
 아이들이 손뼉을 쳤다. 아이들은 이제 멋진 대사나 막이 끝날 때마다 우호적인 박수갈채를 보냈다.

7

 일주일이 지났다. 이반은 바다 고래와 코끼리, 그리고 수상가옥에서 살고 있는 '기타'라고 하는 말레이시아 소녀 등 인형 세 개를 더 만들었다. 늘 그렇듯 이반은 공연을 끝낼 때마다 마치 기차역에서 하역작업을 하는 인부처럼 땀에 흠뻑 젖고는 했다.

어느 날 공연을 마친 이반이 고생한 땀방울들을 씻어내며 샤워를 하고 있을 때, 누군가 초인종을 눌렀다. 이반은 수건으로 물기만 대충 닦고서 헐렁한 운동복을 입었다. 보나 마나 이따금 이반을 초대해서 절인 반찬을 주는 위층 류드밀라 할머니거나, 아니면, 그에게 연금을 갖다 주는 사십 대 우체부 안나일 것이다.

문을 연 이반은 깜짝 놀랐다. 맞은편 건물의 흰색 차량 주인인 아가씨가 서 있었기 때문이다. 예기치 않은 그 손님 역시 놀라기는 마찬가지다. 여자는 젊은이의 근육질 몸매를 보고 놀라서 아름다운 초록 눈동자가 휘둥그레졌다.

"안녕!"

여자가 먼저 인사했다.

"안녕하세요!"

이반은 한 손으로는 천장에 달려 있는 난간을 잡고, 다른 손으로는 문을 잡은 채 인사했다. 그는 이 예기치 않은 방문에 당황해서 어쩔 줄 몰랐다.

"들어가도 돼?"

여자가 물었다.

"그게…… 무슨 일인데요?"

"그냥."

"보다시피 제가 사는 게 정상인들한테는 좀 익숙하지 않은 것이어서요."

그러자 여자가 눈을 치켜뜨며 말했다.

"정상인? 그럼 날 정상인이 아니라고 생각하면 되겠네."

"뭐, 그럼 들어오세요. 좀 어질러져 있긴 하지만."

"괜찮아."

여자는 매달려 있는 고리들을 요리조리 피하며 방으로 들어왔다. 이반은 그 고리들을 잡고 그녀 뒤를 따라와서는 휠체어에 앉아 셔츠를 입었다. 여자는 방을 둘러보더니, 온갖 잡동사니와 철사 묶음, 박스, 천 조각, 물감 등이 널려 있는 탁자에서 책을 집어 들었다.

"〈앙투안 드 생텍쥐페리〉, 무슨 책이야?"

"어린 왕자에 대한 이야기예요."

"그렇군. 너 여기서 아주 유명 인사더라. 다들 네 얘기를 하던데. 내 여동생은 아주 귀가 따갑게 재잘대더라구. 그래서 궁금해지던데. 네 공연 나한테도 보여줄래?"

"당신한테요? 지금요?"

"아니, 이따 저녁에 어떤 모임에서. 내 차로 데려다줄게.

갈래?"

"잘 모르겠어요…… 너무 갑작스러워서……."

"가자. 방구석에만 처박혀 있지 말구."

"모르는 사람만 있을 텐데……."

"난 이제 알잖아. 난 리리야라고 해. 넌?"

"이반이에요."

"아, 잘됐다. 이따 정각 여섯 시에 올 테니 준비하고 있어, 이반."

그녀는 방을 나가면서 이렇게 말했다.

젠장 왜 이렇게 된 건지 이반은 생각할수록 자기 자신에게 화가 났지만 이미 간다고 했으니 달리 어쩌지 못했다. 그는 샴푸로 머리를 감고, 셔츠를 다렸다.

리리야는 여섯 시 정각에 와서 입구 바로 앞에다 차를 댔다. 이반은 힘들이지 않고 차량 뒷문으로 들어가서 앉았다. 여자는 휠체어를 접어서 차 트렁크에 넣고 출발했다. 도로에 있는 나무와 고층건물들이 좌우로 빠르게 멀어져 갔다. 리리야는 자신 있게 차를 몰았고, 차분한 표정으로 앞만 바라보고 있었다. 그녀는 앞에 놓인 미지의 그 어떤 것도 늘 어려움 없이 술술 잘 해나갈 것 같았다.

"붉은 광장을 지나가지는 않아요?"

이반이 그녀에게 물었다.

"붉은 광장? 아니. 왜?"

"거기에 한 번도 가본 적이 없어서요."

"정말? 그런데 그쪽으로 지나서 가면 늦을 거야. 돌아서 가게 되거든."

그들은 넓은 고속도로를 달리고 있었다. 차들이 대여섯 차선에서 미친 듯이 내달리고 있었고, 맞은편 차선도 마찬가지였다. 이반은 여기저기 두리번거렸다. 그렇게 많은 차들을 난생처음 봤다. 차는 숲으로 난 아스팔트 길로 들어서서, 무성한 소나무들 사이를 빙 돌아가더니, 이내 별장들이 있는 마을이 보이기 시작했다. 리리야의 차는 드넓은 마당 입구로 미끄러져 들어갔다. 이미 차량 몇 대가 주차돼 있었다. 여자는 이층 벽돌집 계단을 따라 먼저 올라갔다. 그녀를 친근하게 맞이하는 소리들이 들렸다.

"우린 진작 식사 시작했어! 여럿이 한 명을 기다릴 수는 없잖아, 리리야!"

커다란 사내 목소리가 들렸고, 이내 또 다른 음성이 들렸다.

"어떻게 된 거야, 리리야, 최고급 차도 있으면서 말이야. 뭐 문제라도 있어?"

"약속한 서프라이즈는 어딨는 거야?"

세 번째 음성도 들렸다.

"잠깐만, 세료자, 사샤, 나랑 좀 같이 가자. 도와줄 사람이 있어."

흰 셔츠를 입은 청년 둘이 와서 이반을 휠체어에 태워 집으로 올려줬고, 리리야는 인형이 든 바구니와 장비들을 챙겼다. 밝은 조명이 비치는 커다란 식탁에는 남녀 열두 명이 앉아 있었다. 리리야는 모여 있는 사람들에게 이반을 소개했다.

"이쪽은 이반이야. 우리 동네 이웃이지. 아주 특별한 재주가 있는 사람이야. 잘 좀 봐줘!"

회원들은 새로 온 손님을 호기심 어린 시선으로 바라보더니 이내 먹고 떠들어대기 시작했다. 이반 앞에도 접시가 놓이고 음식이 차려지고, 보드카가 따라졌다. 친절해 보이는 여자가 곁에서 그를 도와줬다.

하지만 이반은 음식에 손도 대지 않았고, 이러저러한 감정들이 그를 힘들게 했다. 리리야는 좀 떨어진 곳에 앉아, 남자들 사이에서 즐겁게 웃고 수다를 떨고 있었다. 잠시 후 사람들은 순서대로 노래를 부르기 시작했고, 노래를 부르지 않는 사람은 뭔가 이야기를 하기도 했다. 맞은편 여자는 상스러운 욕설을 잔뜩 섞어서 자극적인 얘기를 했는데, 이반은 얼굴이 화끈거렸지만 다른 사람들은 다들 손뼉까지 쳐가면서 그 얘기를 재밌어했다. 이반 차례가 되자 리리야가 상냥한 어조로 좌중에게 말했다.

"자, 이제 약속한 서프라이즈 시간이에요! 이반이 공연을 보여줄 거랍니다!"

다들 리리야의 말에 그다지 신경 쓰지 않고 다시금 덜그럭, 쨍그랑 소리를 내가며 와자지껄 떠들어댔다. 하지만 이반이 장비들을 풀어 휠체어에 설치하자 조용해졌다.

"존경하는 관객 여러분!"

이반이 차분한 어조로 입을 열었다. 장비 뒤에 있는 그의 얼굴은 누구에게도 보이지 않았다. 아이들 앞에서 공연할 때는 흥분됐었지만, 잔뜩 먹고 마셔서 풀어져 있는, 자신감에 넘치면서도 따분해하는 이런 어른들 사이에 있는 지금은 마음이 차분했다. 저들에게 동화 따위가 필요하기는 할까? 절대 그렇지 않을 것이다.

"이 얘기는 큰열쇠마을이라고 하는 곳에서 일어난 이야기랍니다. 클로버 들판 언저리에 해바라기가 자라고 있었어요. 아빠해바라기, 엄마해바라기, 그리고 렘이라고 하는 꼬마해바라기였죠. 렘은 알고 싶은 것이 무척이나 많은 꼬마였고, 엄마, 아빠에게 끊임없이 질문을 해댔죠. 아이는 엄마 품에 안겨 있고는 했기 때문에 특히 엄마에게 더 많은 것을 물었답니다."

이반은 아프리카 마을, 북극지방, 말레이시아 수상마을 등 모든 장면을 보여주고 나서, 꼬마해바라기 렘이 어쩐지 자기 고향을 떠올리게 만드는 캐나다 어느 시골의 건초더미에서 자장가를 들으며 잠이 드는 장면으로 공연을 마쳤다.

"이상입니다!"

이반은 이렇게 말하고 장비를 챙겼다.

다들 손뼉을 쳤고, 리리야는 뭔가 놀란 듯한 눈빛으로 이반을 보았다.

"맞아! 우리 다들 어렸을 때는 뭔가 특별하고 동화 같은 것을 좋아했고, 마법적인 것을 기대하며 살았는데! 어느덧 삶이 우리를 삼켜버렸어……."

다른 식탁 끄트머리에 앉아 있던, 진 셔츠 차림의 신사가 진심으로 말했다. 일행은 동의의 뜻으로 이반을 향해 고개를 끄덕여 보이기도 했고, 그에게 다가와 어깨를 툭툭 치는가 하면, 술을 권하기도 했다. 누군가 이반에게 조심스럽게 관심을 내비치며, 어떻게 해서 휠체어 신세가 됐는지 물었다. 이반이 "그로즈니에서 그랬어요……."라고 짤막하게

답하자, 잠시 다들 말이 없었다. 그러다 다시금 와자지껄해졌고, 위층에서는 음악 연주하는 소리가 들려왔다. 손님들이 계단을 오르락내리락하더니, 목이 굵고 머리가 벗어진 한 남자가 자리에서 일어나 잠시 주목해달라고 말했다.

"우린 새로 오신 분을 위해 사례금을 모으기로 했어."

그가 봉투를 손에 들고 말했다.

"다시 말해, 돈을 좀 모았는데, 이걸 그분께 드리도록 하지."

봉투는 이반 앞에 놓였다.

"아니요, 그럴 필요 없어요. 됐어요."

이반이 거절했다.

"왜 필요가 없어?"

이반의 머리 위에서 누군가 술 냄새를 잔뜩 풍기며 말했다.

"고집부리지 말고 받으라구! 이건 괜찮은 추가 연금이란 말야. 이만큼 벌려면 지하철에서 일 년은 구걸해야 할걸."

남자는 봉투를 그러쥐더니 이반의 주머니에 쑤셔 넣었다. 주위에서 럼주잔과 포도주잔들이 부딪치면서 떠들썩했다. 누군가가 접시를 떨어뜨려 깨졌다.

"행운을 위해!"

해바라기 155

목이 깊이 파인 옷을 입은 한 아가씨가 이렇게 외치더니 잇달아 자기 잔도 던졌다.

"부모님 재산을 축내면 쓰나!"

젊은 집주인이 그녀를 나무랐다.

"아, 잡았다! 네 넥타이를 안주 삼아 한잔해야겠어!"

여자가 그의 넥타이를 움켜잡으며 말했다. 그녀는 다른 손으로 옆 사람 술잔을 들어 올려 단숨에 마시고는, 소스 접시를 가져다 넥타이 끝을 찍더니 입으로 가져가서 핥아 먹었다. 일행이 깔깔대며 웃었다.

"예브게니야, 이게 무슨 짓이야? 비싼 넥타이를 못 쓰게 만들었잖아. 이런 말썽쟁이!"

집주인이 비틀거리며 넥타이를 풀었다.

"일할 땐 열심히, 놀 땐 신나게!"

예브게니야라는 여자는 이렇게 소리치더니 의자를 요란하게 움직였다.

점잖게 보이는 검은 양복 남자가 리리야 허리를 끌어안고는, 뭔가 재미난 얘기를 하면서 그녀를 위층으로 데리고 올라갔다. 휠체어에 앉아 있는 손님은 잊혀졌다. 얼마 떨어지지 않은 곳에서는 한 남자가 손으로 얼굴을 괴고 빈 식탁 앞에 앉아 무념무상의 멍한 눈길로 한 곳을 바라보고 있었다. 이반은 주머니에서 봉투를 꺼내 식탁에 놓고 밖으로 나갔다. 계단이 경사졌기 때문에, 그는 휠체어에서 내려 그것을 아래로 내리고는, 한 손으로는 난간을 잡고 다른 손으로는 휠체어 팔걸이를 잡으면서 내려갔다.

휠체어를 타고 조용한 밤길을 따라갔다. 주변의 어두컴컴한 숲도 고요했다. 풀숲에서 쥐가 바스락대는 소리가 났고, 나뭇가지가 무성한 소나무 줄기 뒤 어디에선가 '우-우-이!' 하는 새소리가 들렸다. 늪에 사는 새인 듯한데, 이반은 그 새를 '우냐'로 부르기로 했다. 이름이 왜 '우냐'냐고? 그냥 처음 떠오른 생각이 그랬으니까. '우냐', 좋은 이름이잖아. 그 새의 습성도 담겨 있는 이름이고. 이반이 고아 기숙학교에 살았을 때 호두와 딸기를 따러 아이들과 함께 가까운 숲에 가고는 했는데, 거기에서는 여러 종류 새들이 우짖고는 했다.

"우냐, 넌 어디 사니?"

"우리 집? 여기, 근처야…… 나뭇가지와 짚으로 만들었는데 안에는 깃털이 있어서 그렇게 따뜻하고 좋을 수가 없어."

뒤에서 자동차 불빛이 휠체어를 비췄다. 이반은 한쪽으로 비켜섰다. 흰색 차량이 그를 지나쳐 가서는 몇 미터 앞에서 멈춰 섰다. 리리야가 시동을 켠 채로 차에서 나왔다.

"야, 너, 뭐야?"

여자는 굽 소리를 내며 다가오면서 소리쳤다.

"나 혼자 내버려 두고 가다니! 비신사적이잖아!"

이반은 아무 말 안 했다.

"그렇게 사라지다니! 화난 거야?"

이반은 어떻게 대답해야 할지 몰랐다.

"당신은 그냥 돌아가는 게 낫겠어요."

"아니, 어떻게 그래! 자, 차에 타!"

"혼자 갈 수 있어요."

"그건 안 되지. 내가 데려왔으니 데려다줘야지. 고집부리지 말고 타!"

이반은 하라는 대로 따랐다.

"그래야지. 앞자리에 앉지그래? 그럼 더 편할 거야."

8

그들은 라디오도 켜지 않은 채 말없이 모스크바의 밤길을 달렸다.

"친구는 있어?"

"고아 기숙학교 교장 선생님하고 편지도 주고받아요. 알렉세이도 있는데, 그 친구는 블라디보스토크로 가서 고기잡이배 항해사가 됐어요."

"고아 기숙학교라고 그랬어?"

"네, 볼로그다에 있어요. 전 거기서 자랐어요."

"그럼 피붙이가 아무도 없어?"

"삼촌이 한 분 계세요."

"그렇구나."

"그런데 지금 어디 가는 거예요?"

이반은 차창 밖을 내다보면서 물었다. 별장으로 가던 길하고는 전혀 다른 곳이었다.

"이제 다 왔어. 붉은 광장이야. 네가 보고 싶어 했잖아. 오른쪽이 크렘린이야. 그리고 저기 동상 보이지? 그건 말에 탄 주코프 총사령관이야. 이제 저쪽으로 갈 거야."

차가 바실리 성당에 있는 광장에 도착했다. 이반은 리리야가 트렁크에서 꺼내준 휠체어에 옮겨 탔다. 그녀가 등받이를 잡고 밀어주었다.

"혼자 갈 수 있어요."

"됐어. 오늘은 내가 네 가이드야. 크렘린은 밤에 정말 아름답지 않니? 그리고 이건 바실리 대성당이야. 황제가 이 성당 건축가들을 장님으로 만들라고 명령했다는 얘기가 전해지고 있지."

"왜요?"

"이렇게 아름다운 건물을 어디에선가 다시 짓지 못하도록 하려고."

"정말 그렇게 명령했어요?"

"그렇게들 말해. 아, 그리고 여기가 바로 그 붉은 광장이야."

이반은 앞에 펼쳐진 광경을 뚫어지게 바라보았다.

9

둘은 집으로 돌아왔다.

"붉은 광장 보여줘서 고마워요."

"넌 공연해 줘서 고마워. 기대하지도 않았는데, 정말 맘에 들었어!"

"안녕히 가세요!"

"잠깐만! 주차장에 차 세우고, 바로 근처니까, 금방 올게. 차 한잔 주지 않을래?"

"그러기엔 너무 늦었는데……."

"뭐가 늦어? 겨우 열 시네."

집을 대충 치운 이반은 물이 끓는 찻주전자를 부엌에서 가져다 식탁에 놓고, 복숭아잼과 과자를 갖다 놨다. 더 이상 다른 건 아무것도 없었다. 때마침 리리야가 왔다. 조심스레 방에 들어온 그녀는 매달린 고리들을 만지면서 물었다.

"이게 편해?"

"적응됐어요. 처음엔 손이 아팠는데, 이제 괜찮아졌어요."

"삼촌은 어디 살아?"

그녀는 의자에 앉아 찻주전자를 집었다.

"내가 따를게."

그녀는 찻잔에 끓는 물을 따르고는 티백을 넣었다.

"중심가 어디에 살고 계세요."

"가 본 적은 없어?"

"네."

"그렇군. 차가 참 좋네…… 넌 뭐하면서 시간 보내? TV 보면서?"

"아뇨."

"고장 났어?"

"아뇨, 고장 난 건 아니고, 그냥 제가 보지 않는 거예요."

"음…… 그렇구나. 내 여동생은 일곱 살인데 널 엄청 좋아해. 열한 시 삼십 분에 벌써 길에 나가서 널 기다린다니까. 네가 근처에 얼씬도 못하게 무섭게 한다면서 말이야."

"네, 누구한테든 그래요. 그러니 당신도 이제 여기에 더 이상 오지 않았으면 좋겠어요."

"왜?"

여자는 놀라서 갸름한 두 뺨을 붉혔다.

"동네가 좁잖아요. 말들이 많을 거라구요."

"난 또 뭐라구! 난 성인이고 독립된 개인이야. 누가 내 일에 간섭해?"

"맞는 말이에요. 하지만 당신은 이해할 수 없을 거예요. 우린 서로 다른 세상에 속해 있다는 걸요……."

"미안하지만 동의할 수 없어. 네 논리대로라면, 그럼 대체 넌 왜 아이들한테 공연을 해 주는 거지?"

"이건 동화니까요. 애들은 자라면서 동화는 잊게 되겠죠. 그래도 난 바깥세상과 나를 이어주고 있는 이 가느다란 실을 잡고 있을 테죠."

"잠깐만, 난 이미 스물한 살 성인이지만 나도 동화 좋아해."

"그렇다고 해도 변하는 건 아무것도 없어요. 우리 사이에는 서로 넘을 수 없는 벽이 있다구요."

"철학책을 너무 읽은 거 아냐?"

리리야는 그를 유심히 바라봤다.

"사는 건 책보다 단순해. 전쟁이 일어나고, 총알이 미친 듯 날아다니고, 그러면 사람은 죽어 나가지. 그리곤 끝이야. 죽은 사람한테 더 이상 뭐가 필요하겠어. 전쟁터에서 무서웠었니?"

"전쟁터는 늘 두려운 곳이에요."

"난 죽는 게 무섭지는 않아. 그저 단어일 뿐이야."

"당신은 죽음을 무서워해야 돼요. 당신은 젊고 아름답잖아요."

"뭐야, 너 늙은이니? 대체 몇 살이야?"

"스물셋이요."

"나 참, 그런데도 사고방식은 늙은이네."

이반은 빙그레 웃었다.

"내가 널 죽 지켜봤는데, 넌 술을 전혀 안 마시더라. 이유가 있어?"

"습관이 돼서 그래요."

"술을 안 마시는 게 습관이라고? 그런 말은 또 처음 들어보네."

"사람은 술이 들어가면 울적해지고는 하죠. 그러면 다들 그를 안쓰러워하고요. 난 동정 따위 필요 없거든요."

"음, 무슨 말인지 알겠어…… 자, 들어 봐, 내가 내일 다섯 시에 들를게. 어휴, 그런 표정 짓지 마. 별장엔 다신 안 데리고 갈 테니까. 내가 아주 굉장한 곳에 데리고 가줄게. 호수로 가자!"

10

리리야가 돌아간 뒤 이반은 헝겊과 솜으로 여자아이 기타 인형을 만들기 시작했다. 전에 만들었던 기타는 별로였고, 배도 그다지 쓸모가 없었기 때문이다. 얼굴을 만들고, 술을 달아 머리카락을 만들었다. 얼굴은 불그스름하게 칠했고, 눈과 입, 코를 그려 넣었다. 그러고 나서 박스로 범선을 만들고, 낡은 빗자루 솔로 오두막을 만들어 붙였다. 이반은 늦게 잠자리에 들면서 리리야에 대한 생각을 떨치려 애썼다.

아침이 되자 이반은 언제나처럼 체조를 했다. 우선 카펫에 누워서 하고, 다음에는 무릎으로 앉아서 한다. 아프기는 했지만 굳은살이 박일 때까지는 무릎을 단련시켜야 했다. 그다음에는 고리로 옮겨 매달려서 연습을 한다. 어려운 체조 종목인 십자 버티기도 해냈다. 샤워를 하고 나서 귀리죽을 먹고 차도 마셨다. 그러고 나서 어디 손볼 데가 없는지 기타 인형을 들여다보고는 이야기를 마무리 짓기 위해 연필을 잡았다.

"야, 너 누구야?"

꼬마해바라기 렘이 물었다.

"난 기타야. 넌?"

"난 렘이라고 해. 엄마는 아직도 나를 아기해바라기라고 부르지만. 그런데 넌 배에서 뭐 하고 있는 거야?"

"여기서 살아."

"혼자?"

"아니, 엄마, 아빠랑. 지금은 다른 배를 타고 물고기를 잡으러 가서 안 계신 거야."

"물고기를? 어떻게 잡는지 보여줄 수 있어?"

"그러지 뭐. 엄마아빠한테 점심을 갖다 주러 가려던 참이니까, 너도 내려와서 가자."

11

정오에 아이들에게 공연을 보여준 이반은 집으로 돌아와 무대를 새로 만들기 시작했다. 먼저 것은 벌써 색도 바래고, 두 군데 정도 찢어졌기 때문이다.

다섯 시가 됐는데 리리야는 오지 않았다. 잊은 게 분명했고, 당연히 오지 않을 거라 생각했다. 약속도 했다, 헤어지기도 했다 그러는 거지 뭐. 그 누구도, 그 누구한테도, 그 무엇도 책임을 지워선 안 되지.

여섯 시 경에 누군가 문을 두드렸다. 이반이 열어보니 원피스와 스웨터 차림의 초록색 눈동자 꼬마 아가씨가 문간에 서 있었다. 이반의 인형극을 보는 관객 중 한 명이었다.

"리리야 언니가 병원에 입원했는데 갈래요?"

"뭐? 리리야?"

이반은 얼른 알아듣지 못했다.

"아, 잠깐! 그러니까…… 병원에는 왜?"

"사고를 당했어요."

"사고가 났다구?"

이반은 순간 얼굴이 창백해졌다.

"어디에서? 지금 어느 병원에 있는데?"

"스클리포소프스키 병원에 있어요. 다리만 부러졌고 다른 데는 괜찮아요. 전 그만 갈게요. 안녕히 계세요!"

이반은 길에서 택시를 잡아타고 운전사와 차비를 흥정하고서 자리에 앉았다. 운전사는 휠체어를 접어 트렁크에 넣고 출발했다.

12

리리야는 다리에 깁스를 한 채 병실에 누워 있었다. 옆 침대에는 여자 둘이 앉아 있었는데, 한 명은 팔에, 또 다른 한 명은 목에 붕대를 감고 있었다.

"안녕!"

이반은 자기를 보고 애써 웃음 지으려는 여자를 한동안 바라보더니, 휠체어를 밀고 가서 그녀의 손에 튤립 한 다발을 얹어 놓았다.

"고마워."

그녀가 힘없이 말했다. 그녀의 눈썹 위 이마에는 십자 반창고가 붙여져 있었다.

"어떻게 왔어?"

"택시 타고. 대체 왜 그렇게 조심성 없이 운전을 한 거야?"

"어떤 〈찻주전자〉가 빨간불일 때 달려서는 날 들이받은 거지."

"찻주전자?"

"응, 법규 모르는 운전자를 흔히 그렇게들 불러."

"아, 그렇군."

"너한테 호수 보여주려고 했는데."

"호수는 무슨. 기운 빠지니 말 많이 하지 마."

그녀는 튤립을 코로 가져가 냄새를 맡았다.

"네 해바라기들이 자라는 들판 내음이 나네. 그런데 어떻게 그런 동화를 생각해낸 거야?"

"그런 얘기 생각해낸 게 뭐 그리 대수라고."

"겸손 떨기는. 누구나 그런 걸 생각해내는 건 아냐. 아이들을 좋아해야 한다구."

리리야의 환자복 가슴께가 살짝 벌어져 하얀 둔덕들 언저리가 보였다. 이반은 그쪽을 보지 않으려 애썼다.

"내 여동생 사샤가 내 얘기 한 거야? 걔가 널 얼마나 좋아하는지 몰라. 걔가 무슨 말을 했는지 알아? 〈언니가 그 사람하고 결혼하지 않을 거면 내가 결혼할 거야〉라고 했다니까. 상상이 돼?"

이반은 얼굴을 붉혔다.

"난 겉보기에는 사무적인 것 같아도 기복이 좀 커. 부모님이 대학을 마칠 동안 거의 8학년 때까지 시골에서 할머니, 할아버지 손에서 자란 촌사람이야. 두 분 다 기술자로 지금은 한국에서 일하고 계시지. 난 방송대에서 외국어를 전공하면서 어떤 회사에 취직해서 컴퓨터로 일하고 있어. 생텍쥐페리 책을 좀 갖다 주지 않을래?"

"갖다 줄게. 그럼 집에 여동생 혼자 있는 거야?"

"고모가 돌봐주고 있어."

"다행이다. 난 곧 볼로그다로 가게 될 것 같아."

"볼로그다에는 왜?"

"고아 기숙학교 선생님이 언제든 돌아와도 된다고 편지

에 쓰셨거든. 인형들을 갖고 갈까 해."

"날 혼자 두고 가겠다고?"

이반은 어찌해야 좋을지 몰라 고개를 떨궜다. 그로서는 일어난 모든 일이 현실과 너무 동떨어진 것처럼 여겨졌다. 자신이 주인공이 아닌 연극의 슬프고도 환한 장면을 닮은 듯했다. 옆 침대에 앉아 있던 두 여자는 서로 눈짓을 주고받더니 말없이 병실을 나갔다.

"내가 싫어?"

리리야가 물었다.

"그런 뜻이 아니잖아."

"말해 봐, 내가 맘에 안 들어?"

"난 그저 내 분수를 알고 있을 뿐이야."

"대답하고 싶지 않은가 보지?"

"오래전부터 좋아하고 있어. 네가 차에 타고 있는 것, 네가 들어오고 나가는 것 등등 창문 너머로 늘 너를 지켜보고 있었어. 하지만 그건 다른 세상이야. 난 불구자, 장애인이라고."

"장애가 있어도 스스로 다닐 수 있고, 고급 차를 가질 수 있고, 식당에 가서 밥 먹을 수도 있어."

리리야는 이반의 눈을 바라보며 말했.

해바라기 171

"난 직업도 없이 연금으로 살고 있어."

"교육은 통신으로도 받을 수 있고, 직업은…… 아, 참, 어제 아침에 이 바보 같은 사고가 나기 전에 내 친구가 일하는 특수전문학교에 들렀었어. 그 친구한테 네 얘기를 했더니, 한번 데려와 보라, 그러더라고. 초급반에 가서 연극을 보여주면 보수를 받게 될 거야.

"돈은 필요 없어."

"아냐, 필요해. 누구든 일에 대한 보상을 받아야 한다고. 넌 좋은 일을 하고 있잖아. 난 정신 말짱해. 게다가, 나한테 꽃이라도 사주려면 돈이 많이 필요하게 될걸."

이반이 눈을 들어 그녀의 눈을 마주 바라보았다. 바다처럼 초록빛을 띠면서도 푸르고 깊은 눈매였다. 눈길을 떨군 이반은 뭔가를 생각해내고 잠바 주머니에서 꼬마해바라기렘을 꺼내서 그녀의 머리맡에 있는 선반에 놓아두었다.

"아, 여행자네!"

리리야는 싱긋 웃으며 인형을 집어 들고 유심히 들여다보았다.

"그런데 이게 없으면 공연을 어떻게 하려구?"

"하나 더 만들면 돼."

"고마워!"

"그럼, 이만 가볼게……."

"너 정말…… 입맞춤도 안 해줄 거야?"

이반은 다시 얼굴을 붉히더니 이내 금세 하얗게 질렸다. 그는 아직 여자와 입맞춤을 해본 적이 없었다.

"자, 이리 와 봐. 아무도 없잖아. 와 보라니까."

이반이 그녀에게 좀 더 다가가 주저하며 몸을 숙이자 리리야가 앞으로 몸을 내밀었다. 이반은 그녀의 뺨에 입을 맞추고, 말없이 휠체어를 돌려 병실을 나갔다.

13

"존경하는 관객 여러분! 우리 주인공은 이제 적도를 지나 대서양과 태평양, 두 대양을 헤쳐 나가 오스트레일리아 해변에 도착했답니다. 이국적인 나라의 놀랄만한 자연이 소년을 얼마나 감동적으로 놀래켰는지 두말할 필요 없겠죠. 당연히 꼬마해바라기 렘은 거기에서도 로버트 경이라고 하는 얼룩 캥거루와 친구가 되었답니다. 로버트 경은 하루 종일 플라타너스 그늘에 누워 뒹굴다가, 새김질하다 잠이 들고는 했어요. 그는 모든 것을 알고 있고, 모든 질문에 대한 답을 갖고 있었기 때문에 세상에 재밌는 것이 하나도 없었어요. 그러던 어느 날 구름이 떠가는 저 높은 곳에서 누군가 노래하는 소리가 들려왔어요."

"대체 누가 저러는 거지?"

"나야!"

"뭐라구?"

"나라니까! 렘이라구! 해바라기란다! 야, 게으름뱅이야, 고개 좀 들어 봐!"

"아니, 저게 뭐람…… 진짜 해바라기잖아! 저럴 수가! 해바라기가 구름처럼 날아다니는 건 난생처음 보네! 혹시 이거 꿈인가?"

"꿈은 무슨 꿈! 넌 누워있는 게 지겹지도 않니? 일어나서 푸르른 사바나로 가는 지름길 좀 가르쳐 줘. 로버트 경을 만나야 하거든."

"로버트 경은 바로 난데!"

"이런, 정말 믿을 수가 없는걸!"

"나야. 진짜 진짜 나라구!"

"넌 느림보잖아. 로버트 경은 누구하고도 친해질 수 있는 낙천적이면서 아주 명랑한 캥거루라고 들었단 말야."

"난 명랑하고 낙천적이야! 보면 모르겠어? 너랑 친해지고 싶어!"

"좋아. 두고 보자구…… 그럼 푸른 사바나로 같이 가자! 거기에 물이 유리처럼 반짝이는 아름다운 호수가 있대."

"정말 그래! 하지만 거기는 아주 먼데…… 뭐, 좋아, 가보자! 가면서 재미난 얘기도 해 줘."

"노래를 불러줄게."

"노래? 좋아. 자장가만 아니면 돼. 안 그러면 잠이 들어버릴 테니까."

"알았어!"

이반이 새로 준비한 무대 장비에는 잿빛 하늘과 하얀 양털 구름이 있었고, 새로 만든 인형도 많았다.

어느새 꼬마해바라기 렘은 건초더미로 내려왔다.

그리고 이반이 관객을 향해 말한다.

"오늘 공연은 이상입니다! 우리 주인공은 이틀 후에 여러분을 다시 찾아와 자신의 새로운 모험에 대해 말해줄 겁니다. 한국에 있는 메아리라고 하는 지방에 살고 있는 얼룩송아지 채원에 대한 이야기를 해줄지 몰라요. 렘은 잠시 기력을 회복해야 한답니다. 존경하는 관객 여러분, 렘은 토요일에 올 거예요. 물론 비가 오지 않는다면 말이에요."

작가의 말

나는 러시아 한인 5세다. 19세기에 나의 선조는 러시아로 이주했다. 나의 외할아버지는 어부였고, 친할아버지는 목수이자 건설기술자였다. 아버지와 어머니는 1937년 스탈린 강제 이주 이후 우즈베키스탄에서 만났다고 한다. 부모님께서 낳으신 일곱 형제 중에서 나는 넷째다. 더 나은 생활을 찾기 위해 1961년에 우리 가족은 타지키스탄으로 이사했다. 아버지의 직업은 엔지니어였지만 마음속에서는 화가의 꿈을 꾸고 있었다. 자유 시간에 아버지는 수채화에 스케치북을 들고 그림을 그리러 산이나 숲 속에 가곤 했다.

아버지가 그린 그림 속에는 어렸을 적, 할아버지에게서

들은 조국을 볼 수 있었다. 아버지는 플루트도 잘 다루었다. 그러나 아버지의 플루트는 항상 슬픈 한국 멜로디를 냈다. 나에게 그림 그리는 것을 가르쳐 주신 분은 아버지였다.

1970년, 두샨베 미술대학을 졸업하고 나는 글을 쓰기 시작했다. 대학 시절에도 아주 짧은 글을 쓰기는 했지만 문학과 사람에 대한 관심을 가지고 본격적으로 소설을 쓰기 시작한 것은 1976년 이후부터의 일이다.

그렇게 하여 나는 두 가지의 일을 하게 되었다. 문학과 회화. 이 두 가지의 일은 행복하지만 한편으론 많은 힘과 시간을 요구한다.

나는 화가와 작가, 두 가지 일을 가진 사람이다. 그러나 이것은 '세상을 알아보는 하나의 작업'이다. '색깔과 글을 통해 세상을 바라보는 일'이다.

지난 몇십 년 동안 나는 늘 '나는 다른 문화를 어떻게 받아들이고 있는가, 나의 정체성을 잃어가고 있는 것은 아닌가?'라는 질문을 던진다. 또한 항상 나 자신에게 '인간은 누구인가'라는 질문을 남긴다. 그리고 그 대답을 찾으려 글을 쓰고 그림을 그린다.

나의 소설이 소중한 한국의 독자들을 만날 수 있도록 도와주신 정덕준 선생님, 윤후명 선생님, 친구 이은수에게 감사의 마음을 표한다. 귀한 글을 써주신 방민호 선생님, 정성껏 번역해 주신 전성희 선생님, 꼼꼼히 원고를 검토해 주신 김재문 대표님과 도서출판 상상 편집부에도 고마운 뜻을 전한다.

'생각'이란 사람마다 아직 밝혀지지 않은 세계다. 그래서 작가의 과제는 '먼지로 덮인 길거리에서 보이는 사람의 발자국을 예술로 변화시키는 일'이다.

우리는 커다란 세계에 살고 있지만 그 세계를 깨는 것 또한 어렵지 않다.

2018년 봄
박미하일

옮긴이의 말

박미하일을 떠올릴 때면 그리스의 철학자 디오게네스가 함께 연상될 때가 있다. 한 사람의 정직한 사람을 찾기 위해 대낮에 아테네 시장에서 등불을 들고 다녔다는 디오게네스와 박미하일은 어떤 공통분모가 있는 것일까?

2004년, 박미하일 작가로부터 『НАТЮРМОРТ С ЯБЛОКАМИ(사과가 있는 풍경)』원고를 받아 번역을 마칠 때쯤 서울 세종문화회관에서 그의 전시회가 열렸다. 나는 회화에 관해서 문외한이지만, 이제 박미하일의 그림만큼은 어디에서도 구별할 수 있을 듯하다. 미하일의 그림에는 그를 느낄 수 있는 무언가가 있기 때문이다. 그러나 그것이 무엇인지는 말로 표현하기 어렵다. 그럼에도 불구하고 한 가지는 말할 수 있다. 그의 그림에는 노란색이 참 많다는 것이다. '노란색'이라고 단정적으로 말할 수는 없을지라도 '노란색에 가까운', 혹은 '노란색을 품고 있는' 색채들이 풍경처럼 기억에 남는다. 그리고 그 '노랑'에는 공통점이 있다. 온유한 것, 아름다운 것, 따스한 것을 표현할 때, 그의 붓에 노란색이 좀 더 많이 묻어난다는 것이다. 당시 전시됐던 그의 그림 가운데 〈화목한 가족〉이라는 제목의 그림이 있었다. 어부인듯한 남자는 고기를 들고 집으로 향하고 있고, 한쪽에서는 두 아이를 안고 있는 여자가 그를 기다리고 있다. 그 따뜻하고 화목한 가족은 선명한 노란색으로 칠해져 있다. 〈나비의 꿈〉이라는 그림을 비롯해 아름다운 여인을 표현한 그의 많은 그림들 역시 전체적인 분위기는 노란색이었다. 그에게 노란색은 따뜻함이자 아름다움이라는 것을 그림에 문외한인 나도 감지할 수 있었다.

그의 소설을 번역하다가도 그 '노란색'을 맞닥뜨릴 때가 많다. 『사과가 있는 풍경』이 그랬고, 『해바라기』도 그랬다. 단어로서의 '노란색'이 아니라, 그가 활자로 표현하고 있는 장면에서, 주인공의 담백한 대사의 행간에서 '노란색'을 만날 수 있었다. 그의 소설 속 주인공들은 풍족한 생활이라는 것과는 늘 거리가 멀다. 사람을 쉽게 믿고, 쉽게 의지하고, 쉽게 감동하고, 그래서인지 또 쉽게 상처받는다. 때로는 어이없을 만큼 자존심도 없어 보인다. 그런데 '아, 뭐 이런 사람이 다 있어. 바보처럼······.' 하다가 어느 순간 그 주인공을 가만히 응시하게 되는 순간이 있다. 인상 한번 쓰지 않고, 아무 일 없는 듯이 주변을 바라보는 그의 시선 앞에서 나의 이기적인 잣대들이 돋보기라도 댄 듯 확대되어 도드라지는 듯한 느낌이 들 때가 있는 것이다. 지금까지 그 주인공에 대해 갖고 있던 나의 판단들을 무색하게 만드는 순간이다.

그의 작품에 등장하는 주인공은 누구에게든 진심으로 대한다. 가게 마네킹을 실수로 부러뜨렸을 때 드미트리는 자신의 사진기를 담보로 변상을 약속한다. 다른 사람에게는 별 볼 일 없는 낡은 사진기에 불과하겠지만 그에게는 생명만큼 중요했던 사진기이기에 독자는 그의 진심을 가늠할 수 있다. 거리 떠돌이에게도 그의 진심은 여전하다. 떠돌이나 부랑자라는 이름이 붙은 사람에게 갖게 되는 선입견 따위는 그에게서 찾아볼 수 없다. 그 누구든 우리의 주인공에게는 그냥 '사람'일 뿐이다. 그리고 그럴 때마다 그의 대사에서는 어김없이 '노란색'이 반짝인다. 억울한 상황에서조차 주인공의 대사에서 상대에게 주먹이라도 날릴 듯한 분노는 찾아보기 힘들다. 그의 주인공들은 자신의 방식대로 화내고, 자신의 방식대로 불의를 경멸한다. 물에 물 탄 듯, 술에 술 탄 듯 보이는 주인공이지만 그가 절대 양보할 수 없는 영역이 있다. 바로, 자신이 하는 일이다. 그에게 '일'은 그냥 단순한 직업으로서의 '일'이 아니라, 자신의 인생을 바쳐 하는 영혼과도 같은 작업이다. 먹고살기 위해 그 일을 하는 것이 아니라, 그 일을 하기 위해 다른 노동을 한다. 그렇기 때문에 그 일을 지켜내야 할 때 비로소 그의 자존감이 발동한다. 거의 무일푼인 드미트리가 사진 한 장으로 거액을 손에 쥘 수 있는 기회를 조금의 망설임도 없이 내버릴 수 있었던 것도 바로 그런 자존감이리라.

작품 속 주인공의 따뜻한 '노란색'에는 언제나 작가가 겹쳐 보인다. 세련되고 교묘하게 주인공을 자유자재로 조정하는 재주가 그에게는 선천적으로 결여돼 있는 듯 보인다. 하지만, 이러한 결여가 바로 그의 특성이기도 하다. 세상과 그 안의 사람들을 있는 그대로 바라보는 그로서는 다른 속

내나 기교가 필요하지 않다. 그래서 작가 박미하일과 이야기를 나누다 보면 나 스스로 부끄럽게 여겨질 때가 있다.

어디를 가나 극한의 자극적인 것들이 넘쳐나는 오늘날, 어찌 보면 그의 작품 속 주인공들은 유기농으로 만들었지만 간이 덜 된 요리 같기도 하다. 하지만 싱거운 그 요리는 우리로 하여금 '지금처럼 이렇게 자극적인 것들을 계속 섭취해도 되는 걸까? 지금 제대로 살고 있는 걸까?'라는 생각을 떠올리게 만든다.

필요한 것이 있다면 무엇이든지 들어주겠다고 말하는 알렉산더 대왕에게 '한 가지 있습니다. 당신이 내 햇빛을 가리고 있으니 비켜주시오'라고 말했던 철학자 디오게네스처럼 작가는 물질과 권력의 욕망에 얽매이지 않는다. 작가는 독자에게 이렇듯 자신을 돌아보게 만들고는 다시금 아무 일 없다는 듯 묵묵히 자기 일만 한다.

드미트리처럼, 그리고 이반처럼.

2018년 5월
전성희

사과가 있는 풍경

ⓒ 박미하일 2018

1판 1쇄 발행 2018년 5월 9일

지은이 박미하일
옮긴이 전성희
펴낸이 김재문

책임편집 정덕준
펴낸곳 도서출판 상상
출판등록 2010년 5월 27일 제321-2010-000116호
주소 (06651) 서울시 서초구 반포대로 14길 71 서초에클라트 1508호
전화 02-588-4589
팩스 02-588-3589
홈페이지 www.sangsang21.com

ISBN 979-11-960641-3-6 03890

* 이 책의 판권은 지은이와 도서출판 상상에 있습니다.
  이 책 내용의 일부 또는 전부를 재사용하려면 사전에 양측의 동의를 받아야 합니다.
* 이 도서의 국립중앙도서관 출판예정도서목록(CIP)은 서지정보유통지원시스템 홈페이지(http://seoji.nl.go.kr)와 국가자료공동목록시스템(http://www.nl.go.kr/kolisnet)에서 이용하실 수 있습니다.(CIP제어번호: CIP2018011829)